MALICE HÉRÉDITAIRE

BEAUTÉS BRISÉES

ALTA HENSLEY

STASIA BLACK

Traduit par Sophie Troff

BULLETIN

Pour rester informé de l'actualité et des ventes de livres, abonnez-vous à la newsletter française de Stasia (https://www.subscribepage.com/stasiablackfrenchnewsletter) et à la newsletter française de Alta (https://readerlinks.com/l/1804125).

PROLOGUE

L'ORDRE DU FANTÔME D'ARGENT
Requiert l'honneur de votre présence

∾

Mlle ABILENE WEST

∾

Aux préliminaires de la cérémonie des *Épreuves d'Initiation*
de Beau Radcliffe

SAMEDI 5 JUILLET
À minuit et demi

Manoir des Oléandres
109 chemin des Oléandres

Présence obligatoire

CHAPITRE 1

Consuela

J'AI REGARDÉ ATTENTIVEMENT L'HOMME EN GRAND APPARAT entrer dans le bar de la petite ville de Géorgie. Je l'avais devancé d'une bonne trentaine de secondes et mon cœur battait à tout rompre.

J'espérais avoir le temps de commander un verre pour paraître plus naturelle, mais le barman flirtait avec une minette à l'autre bout du comptoir. J'avais choisi intentionnellement une tenue discrète, l'idée étant de me fondre dans la masse.

Ce n'était pas l'attention du barman que je cherchais ce soir. Non, je devais la jouer *très* fine si je ne voulais pas tout foutre en l'air. J'avais une seule cartouche.

J'aurais prié si j'étais croyante. Mais j'ai préféré me souvenir des mots de Tina au foyer d'accueil quand elle m'a appris les ficelles du métier.

Je n'avais pas besoin d'avoir la chance, ou Dieu, à mes côtés.

Je n'avais même pas besoin d'être la fille plus intelligente dans la salle.

Je devais juste être la plus rusée. Je devais être celle qui analyse chaque détail, chaque personne. Chercher les failles, les maillons faibles, les ficelles à tirer pour manipuler les autres afin qu'ils agissent exactement comme je l'entendais.

Je n'étais pas aussi douée que Tina.

Personne n'avait son talent. Elle m'a appris tout ce qu'elle savait, m'a utilisée pour une dernière arnaque et m'a dégagée quand je ne lui étais plus utile.

Comme je l'ai dit, elle m'a tout appris.

J'ai sorti mon téléphone et j'ai fait semblant d'être absorbée par le petit écran tout en observant subrepticement du coin de l'œil l'endroit où le vieux en smoking queue de pie remettait à une jolie fille l'invitation calligraphiée.

Elle a d'abord semblé déconcertée, puis la révélation a illuminé son regard. Merde. Elle savait ce que ça voulait dire. Je n'irais pas jusqu'à lui arracher l'invitation de ses mains froides et mortes, mais j'allais sortir d'ici avec le bristol, d'une manière ou d'une autre. Elle ne le savait pas encore, c'est tout.

Le vioc en smoking est reparti comme il était arrivé, et la jolie fille a hélé la serveuse pour lui commander un autre verre. Puis elle a palpé son portefeuille vide, s'est ravisée et a renvoyé la serveuse sans rien commander.

Aha. C'était donc vrai. L'Ordre ne s'attaquait qu'aux filles mises au pied du mur. Sales bâtards.

J'ai souri.

Car ce qui faisait de cette beauté une cible facile pour l'Ordre en faisait aussi la proie idéale pour moi.

C'était le moment de porter le coup de grâce. Pour ainsi dire.

J'ai ramassé mon sac à main et je me suis dirigée vers la petite table carrée.

– Ce siège est libre ? demandai-je en désignant la chaise face à elle.

La fille a levé les yeux, troublée par mon apparition soudaine.

Je me suis assise avant qu'elle ait le temps de répondre et j'ai hélé la serveuse.

– Les boissons sont pour moi. Qu'est-ce que tu prends ?

Ça lui a un peu remonté le moral.

– Vodka-coca

J'ai souri.

– Un classique. Deux vodkas-coca.

La serveuse a hoché la tête d'un air désabusé et s'est éloignée.

– Salut, je m'appelle Vanessa, dis-je en tendant une main au-dessus de la table.

Mensonge. En fait, je m'appelais Connie, mais je n'avais pas utilisé ce nom depuis le foyer. J'avais commis quelques arnaques depuis, et n'importe quel imbécile sait que l'on ne donne pas un nom susceptible de vous identifier.

L'invitation scintillait au milieu de la table, mais j'ai fixé le beau visage de la jeune femme, sans baisser une seule fois les yeux.

Hésitante, elle a fini par me serrer la main.

– Euh, salut. Abilene. Mais on m'appelle Abby.

Je lui ai souri.

– Salut, Abby. Je viens d'arriver en ville, mais j'ai grandi dans le comté voisin. Tu connais Burrows Creek ?

Elle a souri et sa posture s'est légèrement détendue.

– Bien sûr. Je crois qu'on a joué au foot contre vous.

J'ai éclaté de rire.

– Tu étais où ?

– Simmons High.

– Oh merde, vous nous avez battues à chaque fois.

Elle a ri.

– On a failli monter en division nationale en terminale. On a battu tout le monde.

Elle tripotait d'une main nerveuse l'invitation sur la table.

C'était presque trop facile.

La serveuse nous a apporté nos verres et j'ai fait semblant de siroter le mien tout en encourageant Abby à en commander un autre — sur ma note, naturellement.

Elle a protesté, mais j'ai insisté.

– C'est la fin d'une longue semaine et c'est sympa de rencontrer quelqu'un quand on est nouvelle en ville. Je traverse une période galère, et n'importe quel visage amical est plus que bienvenu en ce moment.

Elle a tout de suite affiché sa sympathie.

– Oh mon Dieu, je comprends tout à fait ce que tu veux dire ! Mon ex vient de me foutre dehors. Apparemment, il couchait déjà avec une pétasse du salon de manucure qui sort à peine du lycée. J'y suis allée et je lui ai reproché vivement d'emménager chez mon mec, mais ensuite son patron a appelé *mon* patron au centre commercial du coin parce qu'ils se connaissent, et j'ai perdu *mon* travail. Ce bled craint, putain. Désolée, ajouta-t-elle en me regardant. Je sais que tu viens d'arriver et tout. Mais j'ai qu'une hâte, c'est de me casser d'ici.

J'ai hoché la tête avec sympathie alors qu'elle recommençait à tripoter le coin de l'invitation sur la table.

– Qu'est-ce que c'est ? demandai-je aussi innocemment que possible.

Elle a pouffé.

– Un truc dingue. Voilà ce que c'est.

Elle a secoué la tête et a pris l'invitation au lettrage doré.

Puis elle l'a reposée et recouverte d'une main, jetant un coup d'œil autour d'elle comme si elle craignait qu'on nous observe.

Elle s'est penchée vers moi sur la table, je l'ai imitée.

– Tu as grandi dans le coin, non ?

J'ai confirmé d'un hochement de tête.

– Donc tu as sûrement entendu parler de l'Ordre ? Un genre de société secrète qui peut offrir aux jolies filles tout ce qu'elles ont toujours voulu et réaliser leurs rêves ?

Je me suis léché les lèvres, puis maudite d'avoir donné une telle information. J'ai adopté une attitude plus désinvolte, en opinant, puis après une pause, j'ai posé les yeux sur l'invitation.

– Attends. Tu ne veux pas dire que...

J'ai toussoté et fait semblant d'avaler une gorgée de vodka-coca sans laisser le liquide couler dans ma bouche.

Je me suis penchée vers elle et j'ai parlé tout bas.

– En fait, j'ai vu ce type bizarre entrer ici. Tu n'es pas en train de me dire que c'est genre... une de ces fameuses invitations ?

Ses yeux se sont écarquillés et elle a hoché la tête.

– J'y crois pas ! glapis-je en tapant sur la table.

Elle a gloussé et agité la main devant moi pour me faire taire.

– Chut, dit-elle en regardant autour d'elle à nouveau. Chut, je ne veux pas que quelqu'un d'autre le sache.

J'ai acquiescé et fait le geste de zipper mes lèvres. J'ai fait le tour de la table pour m'asseoir à côté d'elle, puis je lui ai demandé :

– Sérieusement, tu me fais marcher ? C'est impossible

que ce type t'ait vraiment donné une de ces invitations. Je pensais que c'était du pipeau.

– Mais non ! Regarde !

Elle m'a tendu l'invitation. Elle me l'a *donnée*.

J'ai pris le précieux bristol épais et gaufré et j'ai effleuré délicatement les lettres dorées.

Les Épreuves de l'Initiation de Beau Radcliffe.

Oh merde. C'était là, noir sur blanc.

Son nom.

Beau Radcliffe.

Pendant longtemps, je ne connaissais même pas son nom de famille. La première fois que j'ai entendu son prénom, j'ai rigolé. Je pensais que c'était Bo, comme Bo Derek, et je me suis demandé qui appellerait son fils Bo.

– Mais tu ne songes pas sérieusement à y aller, j'espère ?

Je lui ai rendu le bristol.

Elle s'est mordu la lèvre inférieure, puis a descendu le reste de sa vodka-coca, ce qui l'a fait tousser, avant de s'enfiler une autre rasade du verre plein que la serveuse venait d'apporter. Ses yeux larmoyaient à cause de la brûlure de l'alcool, qu'elle n'était manifestement pas habituée à boire en de telles quantités ou aussi vite.

– J'en sais rien, dit-elle d'une voix perdue.

Elle s'est penchée en avant, dodelinant de la tête, visiblement pompette. Elle ne pesait pas lourd et je n'avais aucune idée de ce qu'elle avait bu avant que je la fournisse généreusement en vodka.

– J'ai entendu des choses, chuchota-t-elle en se rapprochant encore plus de moi. Sur les trucs pervers qui se passent pendant l'Initiation. Des trucs horribles. J'ai peur de ne pas être capable de le supporter.

Elle a secoué la tête, les yeux dans le vide, puis elle a

saisi son verre et l'a vidé de nouveau. Ses yeux étaient brillants et larmoyants quand elle les a tournés vers moi.

– Mais je n'ai pas d'autre solution. Je n'ai plus rien. Mon père est mort. Ma mère a fait son sac et est partie quand je n'étais qu'une enfant. Mes frères sont des abrutis qui n'en ont rien à foutre de moi, et maintenant que JJ m'a larguée et mise à la porte...

Une grosse larme ronde et magnifique a glissé sur sa peau de porcelaine.

Putain, la salope. Elle était encore plus belle quand elle pleurait. Ils n'auraient pas pu choisir une candidate plus parfaite.

J'étais immonde quand je pleurais. Il y avait peu de douceur en moi, et encore moins d'élégance.

Mais je comprenais pourquoi ils l'avaient sélectionnée, cette belle jeune femme délicate, pour être une reine du Bal de Minuit.

Franchement, je lui rendais service. La vie briserait cette fille comme une brindille si elle ne se ressaisissait pas et ne s'endurcissait pas très vite.

J'ai pris ses mains dans les miennes.

– Écoute-moi, Abilene. Tu es une fille forte. Tu peux le faire.

Quand elle a recommencé à secouer la tête, une autre larme parfaite roulant sur sa joue, j'ai avancé mes pions.

J'ai plongé la main dans mon sac et j'en ai sorti les deux enveloppes pleines de billets que j'y avais cachées. C'était tout l'argent que je possédais. Mais il fallait tout miser sur les gros coups, et c'était le plus gros coup de ma vie.

– Abby, écoute-moi. Tu as raison. J'ai entendu parler de l'Ordre et des Épreuves, et de tout ce qu'il faut subir pour aller jusqu'au bout. Et si...

J'ai fait traîner ma voix, essayant de rendre ma proposition crédible et naturelle, comme si je l'inventais en parlant, alors que c'était un discours calculé que j'avais répété pendant des *heures* devant la glace la nuit dernière.

– Et si on s'entraidait ? proposai-je.

Elle m'a regardée d'un air un peu perdu, des mèches auburn échappées de sa queue de cheval lui tombant sur le visage.

– C-comment ça ?

Puis elle a vu les enveloppes épaisses et ses yeux se sont arrondis. Elle a lâché l'invitation et s'est mise à palper les grosses liasses de billets à travers l'enveloppe.

– Il y a trois mille dollars. J'avais l'intention de les utiliser pour m'installer ici. Mais je te les échange contre l'invitation.

Elle a relevé brusquement la tête et j'ai vu la suspicion dans son regard. J'ai pressé ses deux mains dans les miennes. Pour lui asséner l'estocade finale.

– Quand j'ai vu cette invitation, j'ai su que c'était le destin qui frappait à notre porte. Quelles sont les chances que ça arrive ? Je me suis agenouillée hier soit et j'ai prié *Dieu* pour qu'un miracle se produise. Ma maman, elle est malade, tu comprends. Elle a besoin d'une opération. Ces trois mille dollars ne suffisent pas pour elle. J'allais essayer de trouver un travail ici, peut-être rencontrer un homme, je ne sais pas. (Je me penche en avant.) Je ferais tout pour ma maman. *Tout*. Rien de ce que ces vicelards de l'Ordre peuvent faire ne me fait peur. Même si je n'ai qu'une chance sur vingt d'être choisie...

Ses yeux se sont arrondis comme des soucoupes.

– On n'a qu'une chance sur vingt d'être choisie une fois là-bas ?

– Tu ne le savais pas ?

Mince, je ne mentais même pas sur ce coup-là.

Elle a secoué la tête. Puis elle a regardé l'argent que j'avais posé sur la table devant elle.

– Et tu me donnerais tout cet argent juste pour tenter ta *chance* ?

J'ai serré sa main que je tenais encore. J'ai réussi à me faire pleurer, mécanisme sur lequel Tina m'avait fait travailler pendant des mois avant que je puisse le faire sur commande. Mais maintenant, j'étais une pro du sanglot.

– Pour maman... sanglotai-je en ravalant mes larmes. Je ferais n'importe quoi. N'importe quoi, tu m'entends ? Je jure que c'est le destin. Je crois que tout arrive pour une raison. Tu n'y crois pas ?

Elle a cligné des yeux.

Je voyais bien qu'elle était sur le point d'accepter, alors j'ai enfoncé le clou.

– Imagine, Abby, tu pourrais sauter dans le prochain bus et quitter ce bled. Recommencer à zéro, où tu veux. Devenir qui tu veux.

Elle a encore cligné des yeux et je l'ai vu. Un léger signe de tête. Elle commençait à le visualiser, l'avenir que je peignais pour elle.

Je n'avais aucune preuve qu'elle le ferait vraiment ; elle pouvait prendre les trois mille balles pour s'acheter une PlayStation ou un tas d'autres conneries inutiles, mais en même temps, je reconnaissais le désespoir quand je le croisais. Abby était désespérée. Elle n'avait pas non plus l'air d'une idiote.

Son moment d'indécision n'a pas duré longtemps. Comme je l'ai dit, elle n'était pas idiote. Ses mains se sont refermées sur l'argent et avant même que j'ai le temps de dire ouf, elle fourrait les enveloppes dans son sac.

– Je ne sais pas comment je pourrai te remercier un jour, souffla-t-elle en poussant l'invitation vers moi avant de se lever. Tu l'as dit toi-même. Rien n'arrive par hasard. Je vais le faire. Merci. Vanessa, c'est ça ? Oh, Vanessa, tu es mon ange !

Elle m'a serrée dans ses bras, mais comme une nana sensée, elle ne s'est pas attardée au cas où je changerais d'avis. Pensant avoir fait l'affaire du siècle, elle a quitté le bar dare-dare.

Je me suis retrouvée là à fixer mon ticket gagnant. Ma clé d'entrée.

J'ai souri, essuyé mes fausses larmes et je me suis levée. Il était temps d'aller me préparer pour le bal de demain soir.

Beau Radcliffe n'avait aucune idée de ce qui l'attendait.

CHAPITRE 2

Beau

J'AI TOUJOURS AIMÉ JOUER AVEC LE FEU.

Rouge. Chaud. Des flammes qui lèchent l'air dans une danse endiablée.

D'apparence, je semblais être un homme d'affaires sans scrupules. Impitoyable, puissant, quelqu'un qu'on n'a pas envie d'emmerder. Mais au fond de moi brûlait ce feu, ce besoin de danger, de chaleur, le brasier infernal qui manquait dans mon quotidien.

C'est peut-être pour cela que je voulais entrer dans l'Ordre.

Certes, mon père, et son père avant lui, et les générations précédentes ont scellé mon destin. Je n'avais pas vraiment le choix si je voulais être un Radcliffe et diriger Radcliffe Joaillerie & Import. Mais mon héritage n'était pas la seule raison pour laquelle je me trouvais dans la salle de bal blanche des Oléandres à minuit.

Je voulais la cape argentée.

Je voulais ma place de membre.

Je la voulais et j'étais prêt à faire tout ce qu'il fallait pour l'obtenir.

Cependant, je ne le montrerais jamais. Je n'avais jamais dévoilé le feu qui brûlait en moi. Je n'affichais jamais rien d'autre que mon calme et mon sang-froid. Une carapace dure à l'extérieur, peu importe le brasier qui faisait rage à l'intérieur.

— Tu es prêt, mon fils ? demanda mon père en s'approchant dans son habit d'argent, en digne membre de l'Ordre du fantôme d'argent.

J'ai opiné et avalé une gorgée d'alcool en prenant garde de tremper à peine mes lèvres. Je voulais avoir l'esprit clair et lucide pour la suite des événements.

— Ils vont essayer de repousser tes limites, me prévint-il.

— Je sais. Je suis prêt pour ça.

— Je ne pourrai rien faire pour les arrêter si ça devient trop pénible, et je ne pourrai pas intervenir même si j'en meurs d'envie. Tu le comprends, n'est-ce pas ?

Je lui ai tapé dans le dos pour le rassurer.

— Je n'aurai pas besoin de ton aide, papa. Je pense avoir prouvé que je peux me débrouiller seul, et l'Initiation ne sera pas plus dure que les autres défis que j'ai dû relever.

Satisfait de ma réponse, il a hoché la tête, m'a serré la main et est parti rejoindre les autres membres. J'en ai profité pour traverser la pièce et retrouver mes potes qui venaient d'arriver.

Quand Emmett et Walker m'ont vu, ils ont levé leur verre pour porter un toast.

— À l'initié, proclama Emmett. Bonne chance, mec.

J'ai levé mon verre aussi.

— Merci, mais je ne pense pas avoir besoin de *chance*. Il s'agit juste de réussir des Épreuves que beaucoup d'autres ont réussies avant nous. On a tous relevé des défis plus difficiles dans la vie pour construire nos empires et notre patrimoine.

– Ne sois pas si arrogant, dit Walker. Tu as été trop occupé pour boire un verre avec nous ces derniers temps. Tu n'as pas entendu les histoires que Sully a racontées. Ces Épreuves semblent sortir d'un film d'horreur vicelard et malsain.

– Je n'ai pas traîné avec vous, bande de nases, parce que je me remets à peine de la cuite de notre dernière soirée ensemble, dis-je avec un sourire en coin. J'ai failli faire un coma éthylique ce soir-là et j'ai eu la gueule de bois pendant des jours.

Emmett a ricané.

– Pas notre faute si t'es un poids plume.

Il avait raison sur ce point. Je buvais rarement parce que je n'aimais pas perdre le contrôle. Et chaque fois que j'allais prendre « juste un verre » avec les gars, ça ne se terminait jamais comme prévu. Et je détestais les situations qui déraillaient.

Une cape argentée s'est approchée, et il m'a fallu plusieurs secondes pour réaliser que l'homme qui se tenait devant moi était mon vieux pote Montgomery Kingston. L'argent rendait son apparence fantomatique. Il semblait étranger à lui-même, à ce lieu, et pourtant il était membre de l'Ordre au même titre que mon père et les autres hommes revêtus d'argent.

– Je t'ai à peine reconnu, lui dis-je.

– Il est l'un des *leurs* maintenant, railla Walker. Je suppose qu'on devrait s'estimer heureux qu'il vienne encore *nous* parler.

– Oh, vos gueules, répliqua Montgomery avec un sourire en buvant son godet. Vous aurez tous une cape argentée bien assez tôt.

– À moins qu'on ne fasse comme Sully, intervint Emmett. Comment s'en sort Rafe en ce moment ?

J'étais curieux de le savoir aussi. Rafe et moi allions nous croiser pendant une courte période durant mon séjour ici. J'ignorais si nous allions nous voir ou non, mais ça me réconfortait de savoir que je n'étais pas complètement seul aux Oléandres.

– Il s'en sort aussi bien qu'on peut le faire dans le manoir, répondit Montgomery.

Et j'ai su tout de suite qu'il n'en dirait pas plus. Je comprenais sa retenue. Je savais que Montgomery avait le cul entre deux chaises en étant à la fois notre pote et un membre de l'Ordre.

– T'es nerveux ? demanda Emmett alors que je fixais l'horloge blanche à balancier et voyait minuit approcher.

La cérémonie allait bientôt commencer.

J'ai haussé les épaules et secoué lentement la tête, imitant le balancier.

– La seule chose qui me préoccupe, c'est ma boîte. Même si mon père est encore le PDG, j'ai vraiment pris les rênes l'année dernière. Je m'inquiète de savoir quel sera mon rayon d'action en étant enfermé ici. Je ne veux pas sortir dans cent neuf jours pour trouver l'entreprise de joaillerie au bord de la faillite.

Walker s'est agacé.

– Je ne pense pas que tu doives t'inquiéter pour RJ&I. Tu possèdes des mines de diamant, vieux ! Tu ne boxes pas dans la même catégorie que nous. Je pense que tu peux te payer le luxe de prendre un congé sabbatique sans te soucier des résultats financiers de la boîte. Je ne vois pas ton cul de riche tomber dans la pauvreté de sitôt.

– Complètement d'accord, acquiesça Montgomery. Pour avoir essayé de travailler à distance durant ma propre Initiation, je peux te dire que c'est difficile de garder la tête dans le guidon. Cet endroit va exiger beaucoup de ta personne. Et tu n'es pas seul. Ta belle va consommer tout ton temps ici.

J'ai lâché un gros soupir, réalisant que l'idée d'avoir une partenaire ne me convenait pas. Je n'étais pas du genre à avoir des petites amies parce que je n'avais pas le temps pour ça. Je voulais que rien, et encore moins une énergie féminine, ne vienne semer le chaos dans ma vie en ordre. J'avais conscience de devoir passer les Épreuves avec une partenaire, mais ça ne me réjouissait pas. J'aimais accomplir seul les tâches difficiles. J'étais un artiste solo. Moi, moi et moi. Ça fonctionnait mieux comme ça.

L'horloge a sonné minuit, et les Anciens ont frappé leurs cannes contre le sol en marbre blanc dans un rituel cérémonial auquel j'avais assisté trois fois maintenant avec mes amis qui avaient eu la chance d'être initiés avant moi. Nous nous sommes tous débarrassés de nos boissons pour nous préparer à la suite des événements.

Le martèlement des cannes s'est calé sur le carillon de l'horloge, et le staccato assourdissant a empli la pièce. Personne ne parlait. Personne ne bougeait. Les Anciens tenaient leur public en haleine.

– Faites entrer les reines du bal, demanda l'un des Anciens après le douzième coup de sa canne.

Et alors, la cérémonie du choix a commencé...

Emmett et Walker se sont alignés à mes côtés au centre de la salle. Nous nous sommes mis au garde-à-vous et avons attendu. Nous avions déjà fait ce rituel auparavant, donc je n'avais pas l'impression de piloter à l'aveugle, ce qui m'a beaucoup aidé. C'est comme ça que je travaillais. Je planifiais chaque événement de ma vie, et savoir ce qui allait se passer me permettait de mettre les pieds où il fallait.

Je me suis demandé si Emmett et Walker étaient aussi

impatients que moi d'en finir avec leur Initiation. C'était le pire dans toute cette histoire. Voir Montgomery, Sully et Rafe passer avant moi. Je n'ai jamais été patient et tout le processus jusqu'ici avait été lent et pénible. Je voulais continuer ma vie et faire croître Radcliffe Joaillerie & Import à un niveau de prospérité jamais atteint à ce jour.

Lorsque les cannes se sont arrêtées et que le douzième coup de minuit a sonné, la salle est devenue silencieuse jusqu'à ce que le cliquetis des talons aiguilles brise l'ambiance feutrée et toxique.

Vingt jeunes femmes sont entrées en file indienne. J'ai observé chacune d'entre elles alors qu'elles défilaient dans la pièce, prêtes à se faire engloutir en une seule bouchée. La salle de bal blanche était tout sauf pure. Cette vaste pièce renfermait des secrets de débauche, des actes maléfiques, des peurs encore palpables, et elle dégoulinait de vices. En apparence, c'était un lieu d'opulence et de traditions. Mais dans l'ombre de chaque fissure se cachait une vérité inavouable.

J'avais cent neuf jours pour découvrir toutes les vérités cachées sous cette apparence de richesse.

Les reines du bal sont entrées dans la pièce, un petit pas après l'autre, et se sont alignées devant nous. Elles étaient magnifiques, ce qui ne m'a pas surpris. Des robes de bal aux étoffes de toutes les couleurs drapaient leurs silhouettes délicates, m'évoquant des princesses s'apprêtant à rencontrer leur prince charmant.

Mais j'étais loin d'être un prince.

Beaucoup portaient des diadèmes et des pierres inestimables en boucles d'oreilles. Et chacune avait un collier de perles Radcliffe. C'était le cadeau de ma famille depuis des générations. Nous fournissions les perles nacrées qui étaient la pièce maîtresse de la cérémonie de ce soir.

Je savais que je n'avais pas beaucoup de temps avant de devoir choisir une reine du bal, alors je les ai étudiées aussi vite que possible. Les pauvres étaient terrifiées — je le lisais dans leurs yeux ou sur leurs lèvres tremblantes. Je ne pouvais pas les blâmer, et franchement, j'avais une longueur d'avance, car je savais exactement ce qui allait suivre. Ces pauvres malheureuses n'en avaient aucune idée.

Elles pensaient avoir une chance de réaliser leur plus grand rêve, alors qu'en fait elles allaient vivre leur pire cauchemar. Du moins... celle que je choisirais comme reine du bal.

Et puis je l'ai vue.

J'ai tout de suite su qui j'allais choisir et la raison de ce choix.

Des cheveux roux. De quoi allumer mon feu intérieur. Rousse. J'avais un type de femme, et c'était elle. Je craquais pour une beauté rousse, et comme c'était la seule belle dotée de cette caractéristique... elle serait à moi.

– Faites défiler les reines du bal, ordonna l'Ancien d'un coup de canne.

Un autre Ancien a lancé la procession des reines en menant le cortège en file indienne à travers la salle de bal. Il les a fait défiler devant les Anciens en cape d'abord en signe de respect, puis devant les membres, et enfin devant nous. Elles ont répété le numéro trois fois, faisant le tour de la pièce dans une itération étrange qui symbolisait pour moi la folie sans fin de ces rituels. Les mêmes simagrées, encore et encore.

Je n'avais assisté qu'à trois cérémonies du choix, et je me demandais ce que pensaient les membres à revivre chaque fois le même défilé de belles comme un disque rayé. En boucle.

J'ai tenté de capter le regard de mon père pour lire ses

pensées. S'ennuyait-il ? Il était comme moi — ou plutôt, j'étais comme lui. Sa patience avait des limites, et quand il voulait qu'une chose soit faite, c'était toujours pour hier. Le temps était précieux pour les Radcliffe. Nous n'en avions pas beaucoup à perdre, et pourtant, il n'a jamais manqué un seul événement de l'Ordre. Il y assistait comme un homme dévoué le ferait. Peut-être pensait-il que chaque Épreuve méritait le temps qu'il lui consacrait, et j'espérais ressentir la même chose.

Quand la fille rousse est passée devant moi, j'ai voulu tendre la main et lui prendre le bras en annonçant mon choix afin que nous puissions accélérer la cérémonie. J'accé-lérerais bien tout le processus s'ils me laissaient faire... mais je savais qu'ils ne voudraient pas, alors je me suis comporté de façon impitoyable.

Je savais que chaque fille avait une vie difficile. Autre façon de dire qu'elles étaient pauvres. Elles avaient besoin d'être choisies presque autant qu'elles avaient besoin de respirer. Mais la belle rouquine en robe bleu sarcelle semblait n'avoir besoin de rien ni de personne. Elle se tenait la tête haute, les épaules en arrière, et aurait pu facilement passer pour l'aristocrate mondaine la plus sophistiquée et la plus raffinée du comté de Darlington.

Je l'imaginais facilement à mon bras lors de cocktails avec les riches et les puissants de ce monde, et capable de tenir son rang. Elle savait clairement comment jouer son rôle.

– Beau Radcliffe, tonna l'Ancien, m'extirpant de mes pensées. Il est temps de choisir ta reine du bal.

L'Ancien qui avait mené le cortège des belles s'est approché de moi et a ouvert le poing. Je savais qu'il renfer-mait un ruban de satin noir sans même baisser les yeux.

J'ai pris le ruban, impatient d'en finir. Mon besoin d'efficacité me provoquait des démangeaisons et de l'anxiété. Je n'étais clairement pas fait pour les rituels.

Je me suis dirigé vers la rangée de jeunes femmes et j'ai entrepris le fameux « toucher des perles ». Je me suis approché de chaque femme une par une et j'ai brièvement touché leur collier de perles. Je voulais aller directement vers la rousse, mais elle était vers la fin, et je devais passer par cette étape inutile.

Je n'ai même pas pris la peine de vraiment regarder chaque reine potentielle. Un rapide effleurement des perles du bout des doigts et je passais à la suivante. J'aurais dû en profiter pour admirer le savoir-faire de l'entreprise familiale, mais je n'en avais pas envie.

J'ai finalement atteint la belle rouquine. Bon sang, elle sentait bon. Un mélange de fleurs et d'épices.

En étant près d'elle, j'ai ressenti une sensation familière. Avais-je déjà rencontré cette femme ? J'ai scruté son visage comme si je l'avais déjà vu. J'étais assez bon pour mémoriser les noms et les faciès, il était donc peu probable que j'oublie un visage comme le sien. Elle était sacrément sexy, et j'étais presque sûr que je n'oublierais jamais une femme comme elle si je l'avais déjà rencontrée. Mais quand même... il y avait quelque chose dans ses yeux verts, ses lèvres charnues...

Ses yeux ont croisé les miens alors que je caressais ses perles. Je regrettais de devoir casser un collier qui coûtait plus cher que ce que certaines de ces femmes gagnaient en une année, mais c'était le rituel de l'Ordre. Briser le collier était un acte pour montrer à quel point il était facile pour l'Ordre du fantôme d'argent de vous donner des richesses pour ensuite les reprendre. Ils avaient le pouvoir d'exaucer vos rêves, mais ils avaient aussi le pouvoir de vous détruire impitoyablement.

D'une torsion du poignet, j'ai arraché le collier de sa peau laiteuse, la faisant glapir de surprise. Ne voulant pas perdre de temps – car suffisamment de temps s'était écoulé ce soir à un rythme insupportablement lent –, j'ai remplacé les perles par le ruban noir.

J'espérais qu'elle était prête à jouer avec le feu.

Et puis j'ai entendu les mots que j'avais attendus toute la nuit.

– Beau Radcliffe, as-tu choisi ta belle pour l'Initiation ?

Je me suis écarté de la fille qui serait à ma merci pendant cent neuf jours et j'ai proclamé :

– J'ai choisi ma belle.

CHAPITRE 3

Abilene

Il m'a choisie. Évidemment.

Il avait un faible pour les rouquines, et j'étais la seule dans la pièce.

D'ailleurs, ce n'était pas la première fois qu'il me choisissait parmi d'autres filles. Non, Beau Radcliffe avait un type de femmes et j'avais intuité qu'il était le genre d'homme à ne pas s'en écarter si on le lui servait sur un joli plateau d'argent.

J'avais même piqué des bijoux en cristal dans ma coiffure pour faire ressortir mes mèches flamboyantes.

Un soir, il n'y a pas si longtemps, il avait compté les taches de rousseur sur mon visage avec sa langue. Je me suis demandé si cela allait se reproduire ce soir alors qu'il me guidait dans les escaliers, la main au creux de mes reins.

Un petit frisson m'a parcouru l'échine à ce contact.

Absurde. Tina se serait moquée de moi. Pas d'attachement personnel. C'était sa règle numéro un.

Même si j'avais retrouvé ma confiance en moi, ce n'est

que lorsque les perles ont ricoché sur le sol que j'ai enfin pu respirer, soulagée.

Arriver jusqu'ici n'a pas été une mince affaire.

J'ai dû chercher Abilene dans les pages blanches pour trouver son adresse et intercepter la limousine qui, je le savais, reviendrait la chercher le lendemain. Cette information m'avait été fournie par une ancienne candidate qui était à la fois amère de ne pas avoir été choisie et heureuse de se confier après quelques verres et un pourboire de cent dollars. Elle était en pause, entre deux numéros de danse exotique, et ses yeux s'étaient arrondis lorsque j'ai sorti les billets.

Si c'était ce qui arrivait aux belles qui n'étaient pas choisies, j'étais d'autant plus déterminée à être choisie.

Je me suis donc apprêtée comme lorsque Tina m'utilisait en appât pour voler des portefeuilles dans les clubs : maquillage charbonneux et lèvres rouges avec un peu de gloss. Puis j'ai bouclé mes cheveux et les ai attachés sur le haut du crâne, coiffure plus apte à séduire le seul homme du public qui m'intéressait ce soir.

La limousine est arrivée, je suis sortie du jardin de la maison d'Abilene, où j'étais accroupie derrière un buisson, et je me suis avancée jusqu'à la portière arrière comme si j'étais montée dans des limousines toute ma vie.

Le chauffeur n'a pas tiqué, il a simplement ouvert la portière. S'il a remarqué que je n'étais pas la même fille que celle à qui il avait remis l'invitation la veille, il n'a pas fait de commentaire. En même temps, il m'a à peine regardée.

Combien de limousines et de femmes avait-il vues dans sa longue carrière ?

J'ai réussi à entrer dans le manoir. C'était la première étape. Puis j'ai subi l'examen médical, j'ai agité ma baguette magique, et me voilà ici.

Gravissant l'escalier monumental avec mon gibier très convoité.

J'atteignais toujours ma cible. Toujours.

Je me suis penchée vers Beau au moment où nous atteignions les dernières marches.

– Tu ne te souviens pas de moi, n'est-ce pas ?

Il a failli rater une marche en dévissant le cou vers moi. J'ai souri ingénument. Nous n'avions pas le temps de papoter et je le savais. Il y avait les types flippants en cape argentée qui se pressaient autour de nous et derrière nous.

Mais j'avais certainement éveillé l'intérêt de Beau. Il me zyeutait au lieu de regarder droit devant lui alors qu'on nous conduisait dans une chambre avec un lit à baldaquin raffiné et du mobilier ancien. Beau m'avait à peine jeté un regard après avoir arraché les perles de mon cou, mais maintenant j'avais son attention.

Il s'est penché vers moi, a passé une main dans mon dos et tiré d'un coup sec sur le corsage de la robe, la déchirant sans ménagement.

– Qu'est-ce que tu veux dire ? Comment pourrais-je te connaître ? me murmura-t-il à l'oreille.

Le frisson de tout à l'heure m'a électrisée jusqu'aux orteils quand il m'a arraché mes vêtements avec brutalité. Je veux dire, mince, qui n'a jamais fantasmé sur la violence érotique ? Mais en faire réellement l'expérience... J'ai cligné des yeux, gênée par la rougeur de mes joues alors que je tentais de reprendre mes esprits.

J'étais censée mener la danse ici, pas lui. Il était temps de le remettre à sa place.

– On s'est déjà vus. Dans un bar un soir. Tu m'as même ramenée chez moi.

Il a arqué un sourcil en enlevant sa veste, l'a laissée tomber sur le sol et a déboutonné sa chemise d'une main experte. Un par un, les petits boutons ont sauté, exposant son torse. Il ne portait pas de maillot de corps. Parce qu'il était un homme qui aimait sentir l'étoffe luxueuse de sa chemise en fil de soie contre sa peau et qui pouvait se permettre les frais de blanchisserie ? Ou parce qu'il avait hâte d'entrer dans le vif du sujet juste après la cérémonie du choix ?

Attendait-il ce moment avec impatience ? Baiser une inconnue fournie gratos par cette foutue société secrète ?

J'ai pensé à la timide petite Abilene, la *vraie* Abilene, ici à ma place.

Beau Radcliffe l'aurait dévorée toute crue et recrachée.

Moi, par contre ?

J'en avais déjà vu des types comme lui. Un fils à papa riche et arrogant. Ils couraient les rues à Atlanta.

J'ai gloussé en baissant robe et jupon, puis je les ai enjambés et je me suis dressée complètement nue devant lui. J'ai posé les mains sur mes hanches le temps qu'il finisse de se déshabiller.

Il s'est arrêté un instant quand il m'a vue nue et dans une attitude de défi. Le défiant de faire quoi, il ne le savait pas encore.

Il pensait que les Anciens le mettaient à l'épreuve. Il ne se doutait de rien.

C'est moi qui dictais les règles du jeu.

– Tu te souviens de moi maintenant ? Ces seins te disent quelque chose ?

J'ai caressé sensuellement mes bonnets C.

Il a plissé les yeux.

– Les nichons sont tous pareils pour moi. Désolé, chérie.

J'ai battu des cils.

– On dirait que je me suis dégotée un vrai gentleman, hein ?

Et je me suis jetée sur lui, l'entourant des bras et des jambes, et je l'ai poussé vers le lit.

Je ne l'ai pas embrassé. Je me suis souvenue qu'il n'aimait pas ça. Oui, un mec qui refusait de m'embrasser après m'avoir ramenée chez moi avait déclenché quelques signaux d'alarme, mais c'était un bon coup et nous savions tous les deux que l'histoire s'arrêterait là.

Jusqu'à ce que je découvre son nom quelques mois plus tard.

J'avais couché avec Beau Radcliffe. Le célèbre Beau Radcliffe. L'héritier des mines de diamant Radcliffe. Et je me suis souvenue où le trouver.

Car le soir où nous avons baisé, il était bourré. Rond comme une queue de pelle. Si murgé qu'en dépit de ses « principes », il avait failli m'embrasser deux fois avant de se raviser à la dernière seconde.

Ce qu'il ne s'est pas empêché de faire, en revanche, c'est de jacasser. Il a blablaté sur l'Initiation à l'Ordre qu'effectuait son pote et tous les trucs vicelards qu'on le forçait à faire là-bas. Soi-disant qu'il serait le prochain. J'ai cru qu'il racontait n'importe quoi.

Quand il a filé le lendemain matin avant mon réveil, sans mot ni numéro de téléphone, ça ne m'a pas étonnée. Encore un connard d'enfoiré. Bon débarras.

J'avoue, c'était le meilleur coup de ma vie et ça ne m'aurait pas gênée de remettre le couvert. Où il voulait, quand il voulait. Mais pas si c'était un abruti incapable d'apprécier une fille sublime, débrouillarde et qui déchire. Alors j'ai oublié sa pomme et notre nuit torride.

Puis j'ai découvert son identité.

Et les circonstances étant ce qu'elles sont, j'ai décidé d'utiliser ma légendaire débrouillardise acquise au fil des ans pour organiser ces petites retrouvailles.

Alors que je lui sautais dessus, le plaquant contre le lit et lui faisant manifestement peur, j'ai pensé : *ouaip, ça valait le coup.*

Même si ce n'était pas du tout pour le sexe que j'étais là. Mais baiser avec le séduisant Beau Radcliffe était la cerise sur le gâteau, c'est sûr.

Concentre-toi sur le jeu, m'a chuchoté la partie lucide de mon cerveau alors que j'atterrissais sur le corps musclé de Beau et baissais la tête pour lécher sa gorge masculine et rugueuse.

Sa queue a immédiatement jailli sous moi.

Oh, salut ma beauté ! T'as manqué à maman ! Souriant jusqu'aux oreilles, je n'ai pas hésité à tendre la main pour l'empoigner sur toute la longueur. Quoi ? J'étais une fille qui prenait son pied dès que l'occasion se présentait — attraper la vie par les couilles avant qu'elle ne puisse vous attraper, telle était ma devise. J'ai donc cédé à mon désir croissant et j'ai serré son chibre comme je rêvais de le faire depuis la dernière fois que je l'avais eu dans mon lit.

Tout autour de nous, des pieds ont bruissé sur le sol. Je n'étais pas exhibitionniste, je n'ai même jamais fait de plan à trois. Tina avait essayé (ou plutôt Mick, son mec), mais c'était une limite que je ne franchirais jamais.

Mais je m'en contrefichais de tous ces vieux cons qui sortaient leur bite et se branlaient en me matant empoigner le sexe de Beau et le faire glisser sur les lèvres mouillées de ma chatte.

Seigneur, je n'avais pas baisé depuis longtemps. Trop longtemps. Bien, bien trop longtemps à voir la façon dont ma foufoune a repris vie comme si l'électricité venait d'être rétablie après une panne.

J'ai commencé à tourner sur le corps de Beau en m'empalant sur sa bite, et il a fini par comprendre mon intention, car il a plaqué les mains sur mes hanches.

Et puis, avant que j'aie pu m'asseoir complètement sur lui, il m'a soulevée, m'arrachant un cri de surprise, m'a prise dans un bras et nous a fait basculer de sorte que son corps s'est soudain trouvé au-dessus du *mien*.

J'ai haleté sous lui en sondant ses yeux bleu clair et pénétrants.

Beau Radcliffe, malgré son calme extérieur et son sang-froid, n'était pas un homme qui aimait être pris par surprise.

– On discutera plus tard.

C'est tout ce qu'il a dit, le sourcil menaçant. Puis il a penché la tête vers moi, ses lèvres m'effleurant l'oreille.

J'ai frissonné à la caresse de son souffle chaud sur mon oreille, ses lèvres frôlant mon lobe tandis qu'il pressait sa bite contre les lèvres de ma chatte humide.

– Claque des doigts si tu veux t'arrêter. Parce que t'es une grande gueule, et je ne laisserai pas un mot de plus en sortir en public. Hoche la tête si tu me comprends.

J'ai fait un grand sourire, ma chatte palpitant à son ton autoritaire. Je n'ai pas hoché la tête, cependant.

– Oui, monsieur, répondis-je à la place, lui offrant un sourire effronté.

Oh, ça l'a énervé. Puis il a enfoncé ses doigts dans ma bouche, des doigts épais et virils.

C'était excitant à mort, surtout qu'il enfonçait enfin, enfin en moi son chibre phénoménal.

Il m'a étiré les chairs en me pénétrant. J'ai ouvert la bouche d'extase à la sensation d'avoir atteint mes limites. Il était si épais. Ça ne devrait pas exister un homme avec une queue si grosse et si longue. Ça devrait être l'un ou l'autre. Oh, bordel, il allait encore plus profondément en moi !

J'ai agrippé les draps et j'ai tenu bon.

Puis j'ai refermé la bouche autour de ses doigts et je me suis mise à les sucer en me resserrant autour du gourdin qui me remplissait. Ooh, c'était bon. J'avais oublié à quel point c'était bon. Je me souvenais que c'était bon, mais là, c'était...

Mon premier orgasme a éclaté comme un tremblement de terre, se répercutant en puissantes ondes sismiques dans tout mon corps. Qui ont ensuite commencé à se transformer en un autre orgasme.

C'est alors que les yeux de Beau ont croisé les miens comme s'il me reconnaissait. C'était encore une reconnaissance confuse. À l'évidence, il n'avait pas de souvenirs précis de cette nuit-là. Mais ce seul détail avait réussi à percer les brumes de son cerveau. J'aurais ri si je n'avais pas été au bord d'un autre super-orgasme.

Beau Radcliffe pouvait me faire jouir comme une putain de locomotive. Des orgasmes à répétition. C'était obscène. Je ne savais pas pourquoi il me faisait cet effet. Ça n'était jamais arrivé avant lui, bien sûr, et après lui, je n'avais pas vu l'intérêt de sortir dans les bars après qu'il ait, euh... mis la barre si haut.

Mais je n'avais pas le temps non plus. J'allais recommencer à sortir. Pour de vrai. Il ne m'a pas fait renoncer aux autres hommes. Pas du tout.

Oh mon Dieu, ça atteignait encore des sommets. Je chevauchais la vague, montait, montait...

Beau, les doigts toujours dans ma bouche, s'est appuyé de l'autre bras sur son coude et m'a agrippé la hanche de cette manière follement sexy qu'ont certains mecs — d'accord, pas certains mecs, juste Beau. Il m'a agrippé la hanche de cette manière follement sexy qui lui était propre, où il me tirait en quelque sorte sur sa bite, les doigts enfoncés dans ma hanche, comme s'il n'avait pas assez de prise sur moi, comme s'il était si obsédé par mon corps à ce moment-là que...

– Oh, putain !

J'ai hurlé en jouissant, me resserrant tellement autour de la bite de Beau qu'il a commencé à jurer aussi.

Le voir perdre le contrôle était la chose la plus dingue du monde. C'était le dieu de la retenue, et là, il se lâchait complètement. J'ai enfoncé mes ongles dans son dos et levé les jambes autour de ses hanches. Je voulais qu'il me prenne encore. J'avais besoin qu'il soit plus proche. Plus profond en moi, aussi profond qu'il pouvait aller.

Sa bite était impatiente de me satisfaire, il m'a tirée vers lui par la hanche tout en s'élançant pour s'enfoncer tout au fond de moi. Ses sourcils se sont froncés dans une expression ressemblant à du plaisir, de la douleur et de l'extase et pendant un moment, un bref moment, il s'est complètement lâché alors qu'il déchargeait en moi...

Tout autour de nous, les cannes ont martelé le sol, et c'était comme si notre orgasme se répercutait dans toute la pièce.

CHAPITRE 4

Beau

Je n'ai jamais vécu avec une femme. En dehors d'une escapade occasionnelle le week-end, je n'ai jamais passé plus d'une nuit d'affilée avec quelqu'un. M'habituer à partager le même espace d'air avec un autre être humain allait probablement être plus difficile que le parcours du combattant que les Anciens me préparaient.

Je n'ai jamais été quelqu'un de gentil et me faire de nouveaux amis n'était pas dans mes compétences. Et hélas, attendre Abilene en fixant la porte de la salle de bain fermée pour que nous puissions descendre prendre le petit déjeuner mettait déjà ma patience à rude épreuve. J'avais fait presque mon compte de pas pour la journée juste en arpentant la chambre, usant sous mes semelles le luxueux tapis oriental.

J'ai frappé à la porte.

– Abilene ? Tout va bien ?

– Ouais, je sors dans une seconde.

– J'ai dit à Mme H que nous descendions et on a déjà cinq minutes de retard.

Je détestais être en retard. Une de mes bêtes noires était les gens en retard. Être en retard signifiait que vous pensiez que votre temps était plus précieux que celui des autres. Chaque fois que je menais un entretien pour pourvoir un poste chez Radcliffe, si le candidat n'arrivait pas dix minutes en avance, je ne prenais même pas la peine de le recevoir. Un retard et c'était fini. Tous les employés le savaient : être en retard constituait un motif de licenciement.

J'ai entendu l'eau du lavabo couler, la chasse d'eau, et enfin, Abilene est sortie.

– Pfff, pourquoi se presser ? demanda-t-elle en s'ébouriffant les cheveux.

Merde, pourtant le sèche-cheveux était resté allumé assez longtemps pour faire un brushing. Cela dit, elle avait l'air beaucoup plus fraîche et accessible qu'hier soir. Il est vrai que la soirée s'est déroulée dans un brouillard malsain et j'essayais déjà de me la sortir de la tête. Elle était habillée plus simplement aussi. Au lieu d'une robe de bal et d'un diadème, elle portait un t-shirt rose et un jean. Simple mais bluffant. Ses longs cheveux roux cascadaient dans son dos, et je m'efforçais de ne pas regarder ses taches de rousseur en raison de leur pouvoir d'attraction terrible sur moi.

– Tu vas bien ?

Elle a hoché la tête et chaussé ses baskets.

– Ça va. Un peu nerveuse, c'est tout.

Sa réponse était logique. Qui ne serait pas nerveux ? Je mettrais en doute son intelligence si elle ne l'était pas. Nous avions à peine parlé depuis nos ébats sexuels devant un public d'hommes en toges — le mot « gênant » serait un euphémisme.

Nous sommes descendus dans la salle à manger et nous sommes assis l'un en face de l'autre dans un silence complet. J'étais heureux que Mme H entre dans la pièce, rompant la pénible absence de bruit qui nous étouffait presque.

– Bonjour, chers enfants. J'espère que vous avez faim. J'ai demandé au cuisinier de préparer un petit déjeuner de rois.

– Merci, Mme H, dis-je. Je n'ai pas d'appétit le matin, mais par respect pour vous, je vais tout manger.

– Oui, merci, ajouta Abilene.

Mme H est sortie et le silence est revenu. J'aurais pu laisser les choses en l'état, mais les cent neuf jours seraient laborieux si nous n'arrivions pas à nous parler. J'avais l'impression que c'était à moi de faire le premier pas.

– J'ai pensé qu'on pourrait établir certaines règles entre nous, lançai-je comme si j'ouvrais une séance de travail avec des collaborateurs autour d'une table de réunion. Peut-être créer un contrat sur lequel on se met d'accord, pour être tous les deux sur la même longueur d'onde. Ainsi, on ne risquera pas de contrarier l'autre, et on pourra avoir une relation professionnelle fructueuse.

– Un contrat ? pouffa-t-elle en sourcillant. C'est marrant qu'on n'ait pas eu besoin de *contrat* lors de notre première rencontre.

À propos de ça...

J'espérais pouvoir passer sous silence le fait que j'ai connu cette fille, et que j'ai même fourré ma bite dans sa chatte. Je ne me souvenais pas exactement où je l'avais rencontrée et je ne voulais pas la blesser. Je ne voulais surtout pas passer pour le salaud que j'étais.

– Tu ne te souviens pas de moi, n'est-ce pas ?

Génial. Elle pouvait lire mes pensées.

– Je vais t'aider, continua-t-elle. Le bar Moody's il y a

deux mois. On a couché ensemble. Un coup d'un soir, mais on a vraiment pris un pied d'enfer cette nuit-là.

C'est ça. Voilà. Oui... je me rappelais maintenant.

Du moins des bribes de souvenir de cette nuit de blackout presque total que j'ai amèrement regrettée. Avoir baisé une fille dont je me souvenais à peine... Je n'avais pas ce genre de comportement en temps normal, et voilà que mon erreur d'une nuit d'ivresse me poursuivait jusqu'ici.

– Je suis désolé. J'avais beaucoup bu ce soir-là, dis-je doucement, honteux de devoir prononcer ces mots.

Je n'étais pas un alcoolique ni un étudiant de fraternité qui se cuitait au bière-pong. Je me targuais d'être plus mature que mon âge, et pourtant, j'avais clairement commis un acte puéril et indigne de moi.

Elle a haussé les épaules.

– On avait bu tous les deux. C'est comme ça.

– Vous vous connaissez ? demanda Mme H en entrant avec le plateau du petit déjeuner, ayant manifestement entendu la fin de notre conversation.

J'ai senti mon visage s'échauffer, contrarié que Mme H ait entendu le sujet de la discussion. J'ai raidi l'échine et essayé de minimiser l'incident.

– Pas vraiment.

Mme H a louché vers Abilene d'un air sceptique. Abilene a bougé sur son siège et cherché sa serviette.

– On s'est croisés dans un bar une fois. J'ai cru la reconnaître quand je l'ai vue dans la salle de bal hier, ajoutai-je.

– Tu as clairement un type de femme bien défini, dit Abilene.

Elle a semblé pâlir quand Mme H l'a étudiée de nouveau.

– Hum, marmonna Mme H avant de retourner son attention vers moi. Profite de ton petit déjeuner, Beau.

Puis elle a tourné les talons sans rien ajouter.

– Je ne pense pas qu'elle m'apprécie, déclara Abilene en prenant une bouchée d'œufs brouillés.

– Mme H a besoin de temps pour s'habituer aux nouvelles têtes. Mais une fois qu'elle t'aime, c'est pour la vie. C'est une alliée précieuse ici.

– Je n'ai pas besoin d'alliés, merci.

Soulagé que Mme H ait écourté la conversation sur le fait que nous avions déjà couché ensemble et que je m'en souvenais à peine, j'ai décidé de prendre les choses en main pour que nous n'ayons pas à en reparler.

– Donc, au sujet du contrat...

Je me suis levé et j'ai ouvert plusieurs tiroirs dans les commodes à proximité jusqu'à ce que je trouve un stylo et un bloc de papier. Je suis retourné ensuite à mon siège et me suis préparé à écrire en sirotant mon café.

– Quelles sont les règles que tu aimerais y voir figurer ? demandai-je.

– Des règles ? répéta-t-elle la bouche pleine.

– Oui, des règles. Par exemple, notre arrangement pour la nuit. On a dormi ensemble dans le lit cette nuit, mais ça te convient si on continue comme ça ?

– Est-ce qu'on a le choix ? C'est pas comme si on pouvait faire chambre à part.

J'aurais pu proposer de dormir sur le sol, mais ça me semblait indélicat de le suggérer, et je n'avais pas de problème à dormir à côté d'elle si ça ne la gênait pas non plus.

– Très bien, dis-je en le notant sur le papier. On est donc d'accord pour dormir dans le même lit. Je ne fais pas de câlins, précisai-je en la regardant.

– Moi non plus, sourit-elle en prenant son jus de fruits pour le boire.

– OK, et pour les rapports sexuels ?

– Qu'est-ce que tu veux dire ? Je suis presque sûre qu'on va nous demander d'avoir des rapports sexuels durant notre séjour. Beaucoup même, d'après ce que j'ai cru comprendre.

– Je veux dire quand on est seuls dans la chambre.

Elle a cessé de manger et a plongé les yeux dans les miens.

– De mon point de vue, notre chambre n'est pas différente du reste du manoir. Le sexe y est présent. C'est comme ça.

– D'accord, c'est comme ça, acquiesçai-je.

Sa légèreté sur le sujet était curieusement rafraîchissante, mais elle m'a aussi mis la puce à l'oreille. Pourquoi se fichait-elle de savoir si nous allions baiser ou non ?

– Et toi ? demanda-t-elle. Tu veux avoir des rapports sexuels quand rien ne nous y oblige ?

J'ai haussé les épaules, regardé le papier et j'ai noté.

– Je vais juste écrire qu'aucun de nous ne s'oppose aux rapports sexuels dans ou en dehors de la chambre. Ça arrivera où ça doit arriver. Y a-t-il des limites à stipuler sur ce que tu ne feras pas?

Elle est restée silencieuse plusieurs secondes, scrutant mon visage.

– Et toi ?

Je détestais qu'on réponde à une question par une question, mais j'ai choisi de répondre.

– Je n'embrasse pas. Les baisers sont réservés à l'amour et aux sentiments. Ça change les rapports et ça risque de compliquer notre situation. Je préfère mener notre affaire aussi rondement et proprement que possible.

Elle a fait un sourire en coin et opiné lentement.

– Oui, je m'en souviens lors de notre première rencontre. Baisers interdits. Pigé.

Je l'ai irritée. Je l'ai vu au raidissement de sa posture, à sa mâchoire tendue. Mais j'ai remarqué aussi qu'elle était très habile pour garder son calme. Ça me plaisait, car c'était une condition sine qua non pour réussir les Épreuves.

– Je n'ai aucune limite sexuelle, dit-elle. Attends... si. Tu ne peux pas me pisser ou me chier dessus.

J'ai ri.

– Je suis d'accord.

Je l'ai noté sur le contrat, mais je n'ai pas pu m'empêcher de sourire en le faisant.

– Tu fais ça avec toutes les filles avec qui tu couches ? Tu rédiges d'abord un contrat ?

J'ai fini d'écrire et j'ai levé les yeux vers elle en prenant ma première bouchée du petit déjeuner.

– Je pense qu'on peut convenir tous les deux que notre situation est différente d'une relation normale. Ce n'est pas comme si on l'avait choisie.

– Mais si, rétorqua-t-elle. Tu l'as choisie. Tu m'as choisie. Deux fois.

Le sourire en coin était de retour.

J'ai soupiré en finissant de mâcher, me rendant claire- ment compte qu'Abilene n'allait pas me laisser balayer sous le tapis cette fameuse rencontre dans un bar. Je devais aborder le sujet, que cela me plaise ou non.

– À propos de la nuit du bar. Je voudrais m'excuser. J'imagine que le fait de ne pas t'avoir appelée ensuite... commençai-je avant de me racler la gorge. Je n'ai pas l'habi- tude des aventures d'un soir. Je suis sorti avec mes potes ce soir-là, j'avais beaucoup trop bu et j'ai malheureusement agi d'une façon qui ne me ressemble pas. Je m'excuse si tu penses que je ne t'appréciais pas assez pour me souvenir de toi. Ce n'est pas le cas. En réalité, je me souviens à peine de cette nuit-là.

Elle a penché la tête et m'a simplement regardé.

– Je ne m'attendais pas à autre chose qu'une aventure d'un soir. Ne t'inquiète pas. (Elle a souri avant de finir son jus de fruits.) Mais merci de t'excuser de m'avoir oubliée. Je dois dire que c'est bien la première fois qu'un mec m'oublie !

Ça, je voulais bien le croire. J'ai relu le contrat en croquant un bout de bacon. Entre deux bouchées, j'ai demandé :

– Y a-t-il quelque chose que tu veux ajouter au contrat ?

– Je veux aller jusqu'au bout, déclara-t-elle simplement. J'ai l'intention d'obtenir ce que je suis venue chercher ici.

J'ai hoché la tête.

– Moi aussi.

– Comme tu l'as dit tout à l'heure, il s'agit de business. Je veux toucher le chèque à la fin.

– C'est normal, il peut changer ta vie.

– Oui, changer ma vie.

– Je vais ajouter un article au contrat, dis-je en écrivant. J'ai besoin d'être seul pendant les heures de bureau. Je ferai une pause pour le déjeuner, mais j'ai absolument besoin de travailler. Je ne veux pas avoir à te divertir.

– Et je suis censée faire quoi exactement ?

C'était une question pertinente. Je ne saurais pas quoi faire pendant cent neuf jours si je n'avais pas le travail pour m'occuper.

– Réfléchis à l'activité que tu aimerais faire et je m'arrangerai pour te procurer le matériel. Une passion ? Des livres particuliers ? Tu auras tout ce que tu veux, il suffit de demander.

Ses yeux se sont écarquillés.

– Tout ce que je veux ?

– Tout, confirmai-je.

– J'ai entendu dire que les Épreuves ne sont pas faciles, dit-elle doucement.

– C'est un euphémisme. Ils vont essayer de nous pousser à abandonner avant la fin. Ils vont t'humilier, te traiter comme aucune femme ne mérite d'être traitée, et ils vont repousser mes principes moraux au-delà de ce que je pourrais supporter.

– Je m'en fous. On n'abandonne pas. Quoi qu'il arrive.

Je me suis penché en arrière et j'ai observé la femme devant moi. Une telle détermination. Un tel feu. Et pour la première fois depuis que je l'ai choisie, j'ai pensé qu'elle pouvait être la bonne partenaire. Elle semblait avoir la combativité et le courage nécessaires pour que nous battions les Anciens à ce jeu pervers.

– J'espère que tu le penses vraiment, dis-je. Je le veux autant que toi. L'empire de ma famille est en jeu. Mon héritage, mon avenir. J'ai besoin qu'on aille jusqu'au bout et qu'on réussisse.

– C'est quoi l'empire de ta famille ?

– Radcliffe Joaillerie & Import. Si je réussis l'Initiation, non seulement je deviendrai membre de l'Ordre du fantôme d'argent, mais je prendrai la présidence de l'entreprise.

Elle a sifflé.

– Mec, tu dois être un putain de Crésus, s'esclaffa-t-elle en regardant la pièce. Je suis dans ton monde maintenant. Je suis aveugle ici, tu vas devoir être mes yeux.

J'ai opiné, appréciant qu'elle réalise ce fait.

– J'en ai l'intention. Mon ami Montgomery Kingston, qui a récemment passé et terminé son Initiation, dit que le seul moyen de réussir est de se faire confiance et de travailler en équipe.

– Je ne fais confiance à personne.

– Et je ne travaille pas en équipe. Je préfère faire les choses en solo.

Elle a soupiré, s'est calée au fond de sa chaise et a croisé les bras.

– Je suppose qu'on va devoir changer.

J'ai hoché la tête, ramassé le contrat et je l'ai rejointe.

– Prête à signer ?

Elle m'a pris le stylo des mains, a parcouru le contrat et signé son nom. Ça lui a bien pris une minute pour le faire, comme si elle avait du mal à trouver sa signature. À l'évidence, elle n'était pas habituée à signer des contrats.

– Voilà... cher partenaire, dit-elle en me rendant le stylo.

CHAPITRE 5

Abilene

Il n'y avait pas d'heure mentionnée sur l'invitation que nous avons reçue peu après midi sept jours plus tard, mais dès le coucher du soleil, Beau a fermé le capot de son laptop. Après m'avoir à peine adressé la parole dans la journée, il m'a enfin regardée et il a déclaré :

– C'est l'heure. Prépare-toi. À poil.

Vraiment charmant ce garçon.

C'était comme s'il avait un interrupteur pour changer de personnalité. Il n'avait plus rien à voir avec le mâle dominant et flirteur qui avait exigé mon attention dans le bar cette nuit-là, il y a plusieurs mois. Je me souvenais encore de la façon dont il s'était approché de moi sur la piste de danse, avait posé les mains sur mes hanches et dansé d'une manière sexuellement prometteuse avant de me murmurer à l'oreille qu'il aimerait me raccompagner chez moi.

Enfin, il n'avait pas totalement changé non plus, car il était toujours aussi autoritaire que le mec que j'avais rencontré dans le bar.

Seulement je ne l'intéressais plus.

Cela froissait-il mon ego ? Un peu, bien sûr. Mais je n'étais pas ici à cause d'une blessure d'amour-propre. Non, j'étais ici pour une raison bien plus importante.

Et il était temps que je me concentre sur le jeu.

J'avais besoin de prendre la pleine mesure de l'homme qu'était Beau Radcliffe. Et ensuite, décider de la meilleure façon de le manipuler pour obtenir ce que je voulais.

Le but était de contrôler le jeu du début à la fin.

La vie ne m'avait pas fait de cadeaux depuis le jour où mon cher papa s'était barré et où ma mère avait jugé que ce salaud comptait plus pour elle que sa propre vie — et que son innocente petite fille de six ans.

J'étais trop maigrichonne, angoissée et sujette à des problèmes de comportements pour être adoptable après son suicide.

Je suis donc passée d'un centre d'hébergement à un foyer d'accueil, pour revenir en centre d'hébergement — d'une situation de merde à une autre.

Mais l'époque des jours malheureux et tristes était révolue.

J'étais ici maintenant. Tout allait changer. Car j'allais faire changer les choses, putain. J'ai regardé Beau d'un œil noir tout en envoyant valser mon legging et mes sous-vêtements. Comme je n'avais rien d'autre à foutre de la journée, j'avais passé un temps fou sous la douche à me raser et m'enduire de crème jusqu'à ce que ma peau reluise. J'étais magnifique toute nue.

Beau n'a même pas jeté un regard dans ma direction. Le salaud.

J'ai froncé les sourcils, puis j'ai haussé les épaules, me suis tournée et penchée outrageusement pour ramasser mes effets sur le sol, les fesses en l'air, jambes tendues. Je n'ai pas vérifié si cela avait attiré son attention. J'avais trois mois à passer ici. Je pouvais jouer sur le long terme.

Et puis, flirter avec lui maintenant était plus un moyen de me distraire qu'autre chose. Bien sûr, j'étais toujours sur le qui-vive, essayant de saisir un maximum de détails pour mieux le cerner, mais j'étais aussi nerveuse pour ce soir. Si un petit flirt pouvait me faire oublier ce qui allait se passer, tant mieux.

Parce que le gode en verre que la vieille dame avait apporté dans une boîte avec l'invitation pour ce soir ?

Il n'était pas petit.

Et si j'ai affirmé à la vraie Abilene que je pouvais réussir ces Épreuves haut la main, quand j'ai appris ce qui se passait ici par des témoins qui ont bien voulu parler, on m'a prévenue avec des haussements d'épaules et des regards en biais que les soirées aux Oléandres étaient déconseillées aux âmes sensibles.

Je n'aurais pas survécu si longtemps dans ce monde impitoyable en étant sotte. Et ces riches salopards ne choisissaient pas par hasard des filles issues d'un milieu défavorisé. Non, les aristos choisissaient des pauvres pour faire joujou, car ils savaient que nous n'avions pas les ressources nécessaires pour combattre cette forme d'exploitation. Ils pouvaient nous prendre, nous baiser, nous tourmenter, nous faire subir leurs jeux pervers, nous laisser sur le carreau, puis caracoler vers des pâturages plus verts sans aucune conséquence.

Leur monde fonctionnait ainsi.

Et devinez quoi ?

Parfois les baisées vous baisaient en retour.

Quand j'étais gamine, j'étais impuissante. Plus maintenant.

J'ai empoigné le gode en verre par les couilles – littéralement, ce truc avait des roubignoles géantes – et je me suis retournée. Beau me matait le cul finalement, mais j'ai réprimé ma satisfaction et j'ai brandi le gode.

– Prête pour me faire défoncer, dis-je effrontément en portant un toast avec le bazar. Et toi ?

EH BIEN, ces pervers pépères savaient comment organiser une fiesta. Je devais leur reconnaître ce talent.

Parvenus en bas de l'escalier, nous sommes entrés dans la salle de bal blanche, méconnaissable. Elle était transformée. Ils avaient installé des miroirs partout : sur les murs, au plafond, sur des supports disséminés dans toute la pièce.

À notre entrée, une procession de femmes nues s'est mise en marche, semblables aux vestales du temple accomplissant un culte sexuel antique. J'en ai reconnu quelques-unes. Elles avaient participé à la cérémonie d'Initiation. Je suppose que si vous n'étiez pas choisies, on vous conviait à jouer les poupées gonflables ? Elles sont entrées, tête baissée, soumises comme des esclaves sexuelles.

Comme moi, elles tenaient toutes un gode géant en verre.

Tout autour, les hommes en toges ont dressé l'oreille... et la queue. Certains ont glissé la main sous leur robe pour se tripoter. D'autres ont sorti leur bite, n'hésitant pas à se masturber en public.

L'un des hommes en toge argentée a tapé sa canne sur le sol et s'est avancé au centre de la salle.

– Nous sommes ici pour accomplir le rituel ancestral consistant à tenter le Diable présent dans cette pièce afin de le capturer en le piégeant, grâce à ces miroirs, au jeu de sa propre vanité. Pour ce faire, nous devons lui offrir le festin le plus tentateur. Nous devons lui donner le spectacle de la débauche la plus sale, la plus immorale. Cédez à toutes vos pulsions lubriques. Ne vous censurez pas. (Il s'est tourné vers les femmes.) Offrez votre corps en sacrifice à vos maîtres. Faites tout ce qu'ils exigent ou quittez cette pièce immédiatement. Vous avez compris ?

Les filles ont toutes acquiescé docilement.

Puis l'Ancien s'est retourné et m'a embrochée du regard.

– Est-ce que tu as compris ? Vas-tu offrir ton corps sans retenue à ton maître ?

Mes yeux ont volé vers Beau. Il n'avait pas l'air de prêter beaucoup d'intérêt aux festivités, mais à la question de l'Ancien, il est devenu très attentif. Il a tendu la main et m'a pris fermement le menton, me baissant la tête en signe d'acquiescement.

Puis il a répondu à ma place.

– Ma belle m'obéira sans retenue.

J'étais à la fois offensée et excitée. Bon sang. J'avais envie de mordre sa main qui me tenait encore la mâchoire, surtout quand il l'a glissée sur ma gorge et a frotté son pouce épais sur mes lèvres.

Il m'a lâché la gorge alors que les femmes se dispersaient dans la pièce. Puis les Anciens ont circulé entre elles, les matant jambes écartées en train de se donner du plaisir avec les godes. Je me suis hissée sur la pointe des pieds pour parler à l'oreille de Beau.

– J'imagine que je ferais mieux de tenter le Diable, alors.

Son visage n'a rien laissé transparaître de ses pensées quand je me suis allongée sur le banc le plus proche, et que j'ai écarté les jambes sans le quitter des yeux.

Je m'étais rasée et ma vulve était lisse et soyeuse. J'avais une jolie chatte. Je connaissais tous les atouts à ma disposition et j'avais conscience de ma beauté. J'avais toujours entretenu une relation amour-haine avec mon corps. Grande gigue maladroite à l'adolescence, j'avais fini par accepter mon corps à la fin de la puberté.

Certaines arnaqueuses comme moi se prostituaient pour jouir du style de vie des gens riches et célèbres. Ça n'a jamais été mon truc. Tina pensait que je devrais essayer. Elle disait qu'on pourrait aller vivre à Ibiza si j'arrivais à accrocher le bon gus. Du haut de son mètre soixante, elle a toujours été jalouse de mes longues jambes. Je faisais un mètre soixante-quinze et je n'ai eu des formes qu'à dix-neuf ans. J'avais toujours eu les cheveux courts en grandissant, et c'était agréable de ne plus être prise pour un garçon.

Évidemment, cela a commencé à créer des problèmes entre Tina et moi. Je n'étais plus sa complice moche et gamine. Elle avait l'habitude d'être la vedette, et quand j'ai commencé à attirer l'attention de nos cibles... et à éveiller l'intérêt de son mec... ben, j'aurais dû savoir que mes jours en sa compagnie étaient comptés. Peu importe qu'elle soit la seule personne que je considérais comme ma famille.

La notion de famille n'a jamais eu de signification pour Tina. Elle me l'a dit assez souvent. Je pensais juste qu'elle parlait des autres en général. Pas de nous. Pas de moi. Je croyais que nous étions sœurs pour la vie.

Je me suis trompée. Sur tellement de choses.

Et c'est ainsi que j'ai appris la plus importante des leçons de Tina, une leçon que j'aurais dû apprendre beaucoup, beaucoup plus tôt.

On ne pouvait faire confiance à personne dans cette vie. Personne n'était là pour assurer nos arrières. C'était chacun pour soi.

Utiliser ou être utilisé.

Et putain, j'en avais marre d'être du mauvais côté du bâton.

Alors j'ai écarté les jambes, jeté la tête en arrière jusqu'à ce que je puisse voir mon beau corps souple et juvénile dans le miroir au plafond, et j'ai gémi en insérant le gode en verre froid dans ma petite chatte si douce.

Non, je ne me prostituerais pas, mais je ferais tout ce qu'il faut pour obtenir ce que je mérite. J'aurais du plaisir sexuel. J'aurais la vie que je voulais. La vie que je méritais après toutes les merdes que j'avais vécues. Vu ce qu'il y avait à gagner, je prendrais tous les risques pour que mes rêves se réalisent. Je ne compterais sur personne d'autre que moi-même. Pour mon plaisir. Pour mon avenir.

Je me suis resserrée autour du gode et j'ai bombé la poitrine. J'ai joué un rôle, et en jouant, je me suis excitée toute seule.

J'allais tenter Beau Radcliffe. J'allais tenter le Diable en personne. J'allais tout risquer et mettre mon corps et mon âme à nu parce que c'était ce qu'il fallait faire quand on refusait d'abandonner le combat, putain.

J'ai contracté mes muqueuses autour du gode, le palpant avec mes chairs intérieures. Le verre commençait à se réchauffer, et je l'ai enfoncé plus loin. J'ai écouté mon corps, glissant l'autre main entre mes cuisses.

Je me suis touchée, effectuant le mouvement qui m'excitait le plus. Ma main était experte en la matière, et je me suis caressée comme si j'étais seule dans le noir, sans personne pour me voir.

Sauf que là, des hommes me mataient. Lui aussi ?

Est-ce qu'il regardait ? Est-ce que Beau voyait comment j'aimais me donner du plaisir ? Est-ce que le Diable matait ? Voyait-il et participait-il lorsque nous nous abandonnions à ce plaisir jouissif ?

Je doutais qu'il existe un Diable ou un Dieu, mais je me touchais en pensant aux divinités qui me lorgnaient jalousement. Elles me devaient bien ça. Elles me devaient cet orgasme et un million d'autres.

J'ai pensé aux nuits froides dans le sous-sol où la famille numéro deux m'enfermait le temps d'une mi-temps, comme ils disaient. Parfois toute la nuit ou pendant des jours entiers lorsqu'ils m'oubliaient ou ne voulaient pas s'occuper de moi.

Oui, je méritais tous les orgasmes, le plaisir et la joie que je pouvais tirer de cette vie, et j'allais les prendre, bon sang.

Je me suis pénétrée lentement et en profondeur avec le gode tout en me caressant le clito d'un mouvement circulaire, laissant mes yeux errer dans la pièce.

Juste à côté de moi, un Ancien a attrapé un gode qu'une fille frottait timidement contre sa vulve. Il l'a jeté sur le sol sans ménagement. Il était si bien fait qu'il ne s'est pas brisé, mais a atterri avec un bruit sourd et un léger éclat a étoilé le manche. L'Ancien avait bousillé le chef-d'œuvre fabriqué avec soin, mais visiblement il s'en fichait. Ah, avec quelle négligence ils pouvaient briser leurs jouets hors de prix.

Mais je ne pouvais pas nier que c'était excitant quand il a attrapé la fille par les hanches pour la mettre à quatre pattes sur le sofa où elle était assise. C'était un homme d'âge moyen avec une bite courte et trapue, mais son ventre était plat lorsqu'il a retiré sa toge. Elle a tenté de s'esquiver comme si elle anticipait son prochain geste. Il a giflé le cul de la fille et les joues charnues ont rebondi sous la violence du coup.

Il lui a empoigné les hanches et a enfoncé sa bite en elle. Lorsqu'il l'a retirée, elle était carrément plus longue. Elle a couiné de surprise quand il l'a ensuite fourrée à nouveau en elle.

– Serre ma queue, exigea-t-il. Oui. Comme ça.

Il l'a fessée de plus belle en la pénétrant vigoureusement.

J'entendais les bruits de pénétration et de fessée chaque fois qu'il s'enfonçait en elle. Il n'y allait pas de main morte et putain, c'était chaud.

Tina et Mick ne se gênaient pas pour faire l'amour quand j'étais dans les parages, mais je m'éloignais toujours ou je claquais la porte quand ils commençaient à se tripoter. Et bien sûr, j'ai entendu beaucoup de gens baiser dans ma jeunesse parce que les caravanes n'étaient pas réputées pour l'épaisseur de leurs cloisons. Je n'ai jamais vraiment trouvé ça excitant. Probablement parce que je connaissais tous ceux impliqués et que la plupart d'entre eux étaient des connards finis.

Là, c'était différent. Enfin, peut-être que ces salauds de riches étaient aussi des connards finis dans la vraie vie, mais ils ne faisaient pas partie de ma *vraie* vie. Cet endroit ressemblait plus à un fantasme qu'à la réalité.

Et pour une fois, j'étais ici par choix.

Alors je me suis lâchée. J'ai regardé ces deux personnes à quelques mètres de moi qui baisaient *à fond*. Il n'y avait pas d'autre mot pour le décrire.

Il la prenait par-derrière. Et elle miaulait comme si elle aimait ça. Peut-être qu'elle feignait, mais j'étais une femme et je cernais assez bien les autres, en plus. C'était un peu mon truc, être capable de lire les gens. Je ne pensais pas qu'elle faisait semblant, surtout quand il s'est mis à la fesser et à la pilonner plus vigoureusement. Elle se retournait vers lui et se tortillait sur sa queue.

Je me suis contractée autour de l'énorme gode, mon estomac s'est creusé. Puis j'ai tourné la tête, presque involontairement.

Beau regardait-il aussi les gens baiser, ou me regardait-il me donner du plaisir ? Était-il excité et se branlait-il ?

Mais il ne se trouvait plus à l'endroit où je l'avais vu la dernière fois. Il n'était plus près de moi. Non, le salaud avait jeté l'ancre au bar. Il sirotait un verre et parlait à son pote sans même regarder dans ma direction ou mater l'orgie générale.

J'ai serré les dents.

Il me mettait en rogne, je ne pouvais pas le nier. J'étais furax, putain.

J'étais chaude comme la braise. Je voulais sa queue en moi, pas cette imitation dure et froide d'un homme. J'ai fermé les yeux et détourné le regard, ne voulant pas qu'il sache que je le cherchais.

Mais fermer les yeux ne m'a pas servie, car j'ai immédiatement repensé à la nuit où j'ai joui en sentant son corps m'écraser. Repensé à ce moment, dix minutes plus tôt, où il a posé sa main ferme et autoritaire sur ma gorge. Les deux fois, il a passé son pouce sur mes lèvres. L'a enfoncé dans ma bouche.

J'ai convulsé autour du gode. Le premier orgasme d'une longue série, j'en avais peur.

Merde, même penser à lui pouvait me faire jouir.

Mais je le savais déjà, non ? Après la toute première nuit, j'avais fantasmé pendant des semaines sur ses fessées. Je n'étais pas foutue pour les autres hommes. Mais me répéter ce mantra lugubre que j'avais répété mille fois depuis cette nuit-là n'aidait pas.

Surtout avec un énorme godemiché enfoncé dans ma chatte alors que les halètements de plaisir et les bruits de sexe s'amplifiaient autour de moi.

Au diable Beau Radcliffe ! Il ne s'agissait pas de lui. Il s'agissait de moi. Moi et mon avenir. Moi et mon fabuleux avenir, et la vie de rêve que j'allais m'offrir. Je n'allais pas attendre plus longtemps. J'allais commencer à me l'offrir tout de suite. Là, maintenant, en me procurant en solo toute une série d'orgasmes étincelants, sans besoin de personne.

J'ai ouvert les yeux et regardé le plafond, le miroir renvoyant mon reflet : les cuisses écartées, la peau rougie, le gode me défonçant la chatte et ma main me frictionnant le clito.

C'était excitant. C'était sensuel. J'allais prendre mon pied, même si je devais pour cela fantasmer sur Beau Radcliffe. Alors j'ai imaginé son poids sur mon corps. J'ai imaginé, en regardant le miroir, qu'il me montait dessus. J'ai imaginé qu'il m'arrachait le gode des mains et le jetait au loin comme l'avait fait l'autre homme. Je l'ai imaginé libérer sa sublime queue et l'enfoncer en moi, incapable de se retenir plus longtemps. Il banderait comme un âne à force de me mater et de penser à moi, même s'il ne voulait pas que je le voie — faisant semblant de boire pour que je ne sache pas à quel point ma petite chatte brûlante l'obsédait.

Mais il plongerait finalement dans l'endroit où il voulait être depuis la seconde où j'avais enlevé mon legging dans la chambre. Oh mon Dieu, oui, il s'y engouffrerait. Une main sur ma gorge, le pouce sur mes lèvres, il me prendrait sauvagement.

Je crierais de plaisir à la première pénétration, amenée au bord de l'orgasme par le contact de sa queue au fond de mon ventre. Oh oui, oui, encore...

Merde, qu'est-ce que cet homme m'a fait ? Ce n'était pas juste, mais oh mon Dieu, j'ai succombé. Je me suis arcboutée sous lui, son poids me poussant vers le sol, me possédant, repoussant mes limites, se frottant contre mon clit...

J'ai hurlé quand l'orgasme est monté en flèche. J'ai cru

être à l'apogée du plaisir, mais je me trompais. C'était juste une étape dans l'ascension vers le sommet, et je commençais seulement à entrevoir la supernova qui brillait au septième ciel.

Mes jambes se sont mises à trembler au moment où des spasmes espacés me secouaient le corps sous l'effet du plaisir aigu. Oh la vache, c'était si bon, si jouissif et pointu. Je tremblais à nouveau, d'autres spasmes, encore, oh mon Dieu, encore.

Je me suis astiqué le clito agressivement, toute douceur ayant désormais disparu. J'avais les yeux fermés, levant et baissant le bassin comme un mouvement de houle, traversée par les vagues d'extase, tout en continuant de me défoncer avec le gode et me masturber le clito sans merci, quand soudain...

– À genoux, ordonna une voix bourrue.

J'ai ouvert les yeux brusquement et j'ai été franchement surprise de voir Beau debout devant moi. Ce n'était plus un fantasme. C'était l'homme en chair et en os. Il avait les traits pincés, le teint pâle, mais c'est dans ses pupilles que je l'ai vu : ses yeux brûlaient de désir.

– À genoux.

Il a répété son ordre en claquant des doigts et en pointant le sol comme si je n'avais pas capté la première fois.

Oh si. Oh si, j'avais capté. Surtout qu'il était en train d'arracher sa ceinture d'un coup sec, n'arrivant pas à la détacher assez vite.

Je me suis enflammée de l'intérieur. J'avais poussé Beau Radcliffe à renoncer à son si précieux contrôle. Tout comme le soir où je l'ai rencontré, ses barrières tombaient. La première fois, c'était à cause de l'alcool, mais là, c'était à cause de moi. J'avais provoqué cela chez lui.

Ses yeux sombres m'ont prévenue que je risquais de le

payer cher, d'autant que je ne bougeais pas assez vite, car il avait déjà sorti sa bite engorgée et palpitante.

J'ai glissé du banc et je suis tombée à genoux devant lui. Quand j'ai commencé à retirer le gode, il a secoué la tête d'un coup sec.

– Continue de te défoncer et te tortiller comme tout à l'heure pendant que tu me suces. T'as intérêt à jouir aussi fort en me pompant. Je veux te sentir exploser. Mais putain, ne me mords pas.

Je me suis léché les lèvres en le regardant à travers mes cils.

– Oui, monsieur.

Ses narines se sont dilatées comme s'il allait m'engueuler pour mon impudence, mais je l'ai désarçonné en passant le bout de la langue sur sa queue, lui arrachant un gémissement rauque.

Je ne pouvais pas le taquiner plus longtemps parce que franchement, je voulais l'engloutir dans ma bouche autant qu'il semblait le désirer. D'habitude, sucer un mec ne m'excitait pas, mais avec Beau, le sexe était différent.

D'abord, il y avait sa façon de me tenir la tête. Il ne faisait pas comme certains mecs. Il ne m'empoignait pas les tempes pour m'immobiliser et me bourrer la bouche comme si j'étais une poupée gonflable.

Non, il me tenait la tête et me caressait les cheveux sur le front d'une manière qui rendait l'acte incroyablement... intime. Et je pouvais sentir l'effet que lui faisait chaque coup de langue. Ses jambes et son ventre se contractaient en réponse à ma bouche, et c'était tellement... chaud.

Je n'ai pas eu besoin de lutter pour que ma propre excitation renaisse, surtout quand il a glissé la main dans mes cheveux. Il les a empoignés et m'a tiré la tête en arrière pour que je le regarde tout en lui avalant la queue à m'en étouffer.

Nos yeux se sont croisés et j'ai eu un spasme orgasmique, me contractant autour du gode fiché profondément en moi.

La satisfaction a illuminé son regard et sa bite a tressauté dans ma bouche. Nous nous répondions en écho, la boucle de rétroaction la plus excitante qui soit. Mon Dieu, c'est peut-être pour ça que le sexe avec lui était si bon. Je n'avais jamais eu un partenaire qui était autant en phase avec moi. Il prenait son pied à voir mon excitation, et je n'avais jamais vu un truc aussi excitant.

Surtout quand sa bite est devenue de plus en plus dure dans ma bouche, et incroyablement grosse. Je salivais autour de lui alors qu'il coulissait entre mes lèvres, s'observait en train de me prendre la bouche, me regardait dans les yeux, resserrait sa main dans mes cheveux comme s'il savait, savait qu'il commandait mon plaisir à chaque geste.

Parce que c'était le cas. Chaque fois qu'il m'empoignait et me tirait les cheveux, l'orgasme suivant montait. Et quand il arrivait, je gémissais, criais et m'étouffais autour de sa queue. J'ai fini par voir l'expression que j'attendais — ce moment où il a perdu le contrôle, dans la douleur et le plaisir. Ses mains se sont agrippées à mes cheveux comme à la vie, et il s'est enfoncé dans ma bouche, répandant sa chaleur dans ma gorge.

J'ai aspiré, avalé, sucé, avalé, adoré et léché sa semence jusqu'à la dernière goutte.

Quand il s'est retiré et que je suis retombée contre le côté du banc, épuisée et pourtant encore secouée de spasmes, pour la première fois, je l'ai regardé avec émerveillement. Oh, merde. Et si j'avais perdu la tête ?

Parce que cet homme était si magnétique que lorsque j'étais avec lui, j'oubliais tout, tout sauf la sensation de sa peau contre ma peau.

Et l'envie, l'envie, *l'envie* d'en avoir plus.

CHAPITRE 6

Beau

Essayer de diriger une entreprise à partir d'un laptop, enfermé dans une chambre avec une fille qui, j'en étais sûr, me détestait profondément, était pratiquement impossible. Nous ne nous prenions pas la tête. En fait, nous baisions. Pas seulement pendant les Épreuves où c'était obligatoire, mais aussi dans l'intimité de cette pièce.

Que faire d'autre ?

Au moins, son corps sensuel m'aidait à passer le temps et j'espérais lui rendre le même service. Notre alchimie était incroyable et nos corps s'imbriquaient comme s'ils avaient été créés pour ne faire qu'un. Sans ce contexte vicié, je n'hésiterais pas à la qualifier de meilleur coup de ma vie.

Je savais qu'après être sorti de cet endroit, j'aurais du mal à trouver une partenaire capable d'égaler Abilene. Cette fille savait comment enflammer mes sens. Elle était le feu que je désirais, et je trouvais presque regrettable de devoir renoncer à ces plaisirs une fois l'Initiation terminée. Je me voyais facilement devenir un drogué en quête de sa prochaine dose. Ma prochaine dose étant le feu entre les cuisses d'Abilene.

Honnêtement, la partie la plus difficile de l'Initiation n'était pas les Épreuves en elles-mêmes, mais l'assignation à résidence. Je ne pense pas qu'un être humain soit fait pour être enfermé dans une cage, et c'était exactement ce qui nous arrivait. On nous laissait parfois sortir de notre prison pour « jouer », si on pouvait considérer les Épreuves comme des jeux. Et aussi malsain que ce soit, je les attendais avec impatience. Au moins, ça nous permettait de respirer un autre air. Et c'était exactement ce dont j'avais besoin : d'air frais.

Je me suis assis dans le fauteuil près de la cheminée allumée quelle que soit la température extérieure. L'air était toujours froid dans les pièces des Oléandres. Sans doute à cause des fantômes qui hantaient ce manoir.

Je me suis éclairci la voix et je l'ai appelée.

– Abilene, tout va bien là-dedans ?

Cette fille passait un temps fou dans la salle de bain. Elle aimait les douches vaporeuses, indéniablement. Ce qui était étrange, c'est qu'elle avait une beauté naturelle, et ne semblait pas avoir besoin de s'entretenir beaucoup. Et aussi pénible que ça me soit de l'admettre, je savais qu'elle s'enfermait dans la salle de bain uniquement pour rester loin de moi. C'était son sanctuaire, et je ne pouvais pas le lui reprocher.

Au lieu de me répondre derrière la porte comme elle le faisait toujours, elle est entrée dans la chambre en coiffant des doigts ses magnifiques boucles rousses.

– Je m'ennuie comme un rat mort, dit-elle en me foudroyant du regard quand je me suis réinstallé devant mon laptop, vêtu d'un pantalon noir. Je vais devenir folle.

J'ai opiné.

– Je comprends. Je ne sais plus depuis combien de temps on est là. Les jours se suivent et se ressemblent.

– Au moins, tu as du travail pour t'occuper.

Elle s'est laissée tomber dans la chaise en face de moi, les bras croisés sur la poitrine.

– J'ai essayé de t'aider. Je t'ai acheté tous les romans que tu as demandés, je t'ai acheté des livres d'énigmes, des cahiers... j'ai fait tout mon possible.

Son expression s'est adoucie.

– Je sais bien, soupira-t-elle. On peut aller se promener ? J'ai besoin de sortir d'ici. On étouffe.

– Il fait presque trente-huit degrés dehors avec cent pour cent d'humidité. Sortir serait comme pousser les portes de l'Enfer.

– N'empêche que c'est un enfer différent de celui où on végète maintenant.

Très peu pour moi. La dernière chose que je voulais, c'était d'aller transpirer dans la chaleur brûlante de l'été géorgien.

– Et si on faisait la visite des Oléandres ? Tu n'as pas vu le manoir en dehors de quelques pièces, et c'est vraiment un monument historique impressionnant.

Ses yeux se sont illuminés et elle a hoché la tête avec enthousiasme.

– Oh oui. N'importe quoi.

Nous sommes sortis de la chambre et je me suis dirigé vers l'escalier.

– On va commencer par le rez-de-chaussée, puis on montera.

– On a le droit de se balader librement dans le manoir ?

– Oui, pourquoi on n'aurait pas le droit ? En fait, j'avais l'habitude de jouer dans les couloirs quand j'étais enfant. C'était notre terrain de jeu, à mes amis et moi.

– Drôle d'endroit pour courir partout. Surtout avec toutes ces antiquités hors de prix. J'aurais peur de renverser un vase ou déchirer un tapis.

J'ai ri.

– Oh, on l'a fait. Crois-moi.

– La vie d'un gosse de riche, murmura-t-elle.

Je me suis retenu de rétorquer, et j'ai dit à la place :

– Je n'attaquerai pas ton passé si tu n'attaques pas le mien.

J'ai soupiré, réalisant que nous avions pris des routes différentes dans la vie et qu'elle ne comprenait pas d'où je venais.

Elle s'est arrêtée et quand je me suis retourné pour voir pourquoi, ses yeux ont croisé les miens.

– Excuse-moi. Tu as raison. C'était impoli de ma part. Parle-moi de ton enfance. J'ai envie de savoir, en vrai.

Elle s'est remise en marche.

C'était une question bizarre. Je n'avais pas l'habitude de la poser, ni qu'on me demande une chose d'aussi intime. Les autres filles ne m'ont jamais demandé ça... peut-être parce qu'elles s'en fichaient. Elles savaient ce qu'elles obtenaient de moi et ça leur suffisait. Je draguais en général des nanas qui étaient aussi détachées que moi sur le plan émotionnel.

– J'ai grandi seul avec mon père, commençai-je. Ma mère est morte d'un cancer quand j'étais tout petit. Je ne me souviens pas vraiment d'elle.

J'ai débuté la visite par la grande cuisine. Le chef était en train de préparer une sorte de sauce, il nous a regardés par-dessus son épaule et a hoché la tête. Il n'a pas engagé la conversation, reportant toute son attention sur son chef-d'œuvre culinaire. La cuisine était la seule pièce de la maison qui ne comportait pas de véritables éléments histo-riques. Elle avait été équipée au fil du temps des appareils électroménagers les plus modernes et de surfaces en acier. Elle détonnait des autres pièces par son style industriel, mais elle n'en était pas moins impressionnante. Je n'étais pas un chef, mais j'étais sûr que c'était le genre de cuisine qui les faisait bander.

– Ouah, s'extasia Abilene discrètement. Nos repas sont préparés ici ? J'imaginais un endroit très différent.

– Comme quoi ?

– Je ne sais pas. Un genre de repaire de sorcières médiévales ou autre. Vieux. Je m'attendais à du vieux.

J'ai posé la main au bas de son dos et je l'ai entraînée dans la pièce suivante, ma préférée du manoir.

– Mon père et moi avons pris beaucoup de repas dans cette cuisine, dis-je tout en avançant. On était juste tous les deux, sauf si on compte Mme H. Elle a remplacé ma mère de bien des façons.

J'ai souri aux souvenirs touchants de Mme H qui m'aidait à faire mes devoirs ou qui me donnait des conseils féminins sur la façon de gérer mes amourettes d'écolier. Elle était vraiment casse-couilles par moments, mais elle m'aimait sincèrement.

– Ton père était-il présent dans ta vie ?

– Oui, assez. Il travaillait énormément, mais quand je n'étais pas ici, aux Oléandres, j'étais dans son bureau. En gros, on ne passait pas beaucoup de temps à la maison. Mais j'ai grandi en me sentant aimé. Je pense que c'est le souhait de chaque enfant, et j'ai connu ça.

Elle est restée silencieuse jusqu'à ce que nous arrivions à la bibliothèque. J'ai ouvert les grandes portes en bois sculpté aux poignées ornementales et j'ai attendu de voir sa réaction. J'ai été heureux de voir que c'était la même que la mienne. Yeux écarquillés, bouche bée et émerveillement silencieux.

– C'est ma pièce préférée de toutes, dis-je.

Je n'étais pas un grand lecteur, mais comment ne pas être impressionné par les étagères couvertes d'ouvrages du sol au plafond ? Une échelle glissait tout autour de la pièce pour pouvoir atteindre n'importe quel livre.

– Je ne t'imaginais pas féru de littérature, dit-elle en entrant dans la pièce, tournant sur elle-même pour tout voir.

– Je suis un passionné d'histoire, avouai-je. Ce que j'aime dans cette pièce, ce sont tous les livres anciens qui se trouvent sur ces étagères. Il y a des éditions originales, des objets de collection et des livres qui ont été transmis par des personnages historiques célèbres. L'histoire qui habite cette pièce est ce qui la rend si remarquable.

Plutôt que de poursuivre la visite, je me suis dirigé vers un grand fauteuil à haut dossier près d'une vaste cheminée et je me suis assis. Cela faisait longtemps que je ne m'étais pas assis dans ce fauteuil, et c'était comme retrouver un vieil ami. Abilene m'a rejoint et s'est assise dans le fauteuil en face de moi.

– Et toi ? demandai-je. Tu as eu une enfance heureuse ?

Elle a grimacé et regardé ailleurs.

– Pas vraiment. Au moins, tu avais *un* parent. Je ne peux pas en dire autant.

J'ai pris le temps de l'étudier. Je me vantais de savoir cerner les gens – c'était le secret de ma réussite en affaires et dans les négociations –, et je voyais bien qu'elle n'était pas à l'aise pour approfondir cette conversation. Il aurait été normal de lui poser des questions, car c'est elle qui avait commencé à m'interroger sur mon enfance, mais j'ai décidé de la laisser tranquille. Tout le monde n'aime pas évoquer son passé, et je n'allais pas être le connard qui la force à en parler.

– Mon père et moi nous installions ici le soir de Noël, dis-je, lui faisant le cadeau de ramener la conversation sur moi. Il donnait congé pour la soirée aux domestiques avec une grosse enveloppe de cash, et on restait tous les deux au manoir. On mangeait un gros steak à la cuisine, puis on venait ici boire un bourbon. Il me laissait même boire. Ensuite, il m'offrait à moi aussi une enveloppe avec des billets, me souhaitait un joyeux Noël et nous savourions ce moment passé ensemble.

J'avais le cœur lourd d'émotions à ce souvenir, et j'ai réalisé que cela faisait des années que nous n'avions pas fait notre traditionnelle soirée de Noël.

– Ce sont peut-être mes meilleurs souvenirs avec mon père.

– Je ne suis pas très fan de Noël, ni des anniversaires ou des fêtes en général, dit-elle. C'est un jour comme les autres.

J'ai pris le temps de l'observer à nouveau. Je voulais m'assurer que je ne la rendais pas triste ou ne rouvrais pas de vieilles blessures en parlant de mon enfance privilégiée alors qu'il était évident qu'elle n'avait pas eu ma chance. Abilene ne semblait pas contrariée, mais au contraire très intéressée par ce que j'avais à dire. Elle semblait vouloir en apprendre davantage sur moi. C'était agréable d'avoir un public captif... chose que je n'obtenais que de la part de mon personnel — des gens que je payais grassement pour qu'ils me prêtent attention.

Je me suis levé, et j'ai déclaré :

– Je veux te montrer ce qu'il y a derrière les murs.

Elle s'est levée aussi, l'air sceptique.

– Derrière les murs ?

J'ai hoché la tête. Le goût de l'aventure m'a fait frissonner, me rappelant ce que je ressentais lorsque j'étais un petit garçon qui jouait à cache-cache dans les entrailles cachées des Oléandres. Je me suis dirigé vers une bibliothèque, j'ai sorti un exemplaire de *Moby Dick*, et le panneau entier s'est ouvert comme dans mon souvenir.

– Une porte dérobée ! s'est écriée Abilene folle de joie.

Sans attendre que j'entre, elle a traversé le panneau, la curiosité prenant le dessus.

– Oh mon Dieu, il y a un couloir ! On peut aller se promener là-dedans ?

J'ai pris mon téléphone et activé la fonction lampe torche. Je savais qu'il y avait un interrupteur quelque part pour allumer le faible éclairage de secours, mais j'étais incapable de le localiser de mémoire.

– J'étais sûr que ça te plairait, dis-je en entrant dans le couloir.

– Ça sert à quoi ?

– Tous les manoirs n'ont-ils pas des passages secrets hantés ?

J'ai trouvé l'interrupteur et nous nous sommes enfoncés dans le souterrain.

– Laisse-moi deviner, dit-elle. Toi et tes amis, vous jouiez ici ?

– Qui pourrait nous le reprocher ? dis-je avec un petit rire, car j'avais de bons souvenirs de nos jeux dans les passages secrets. Mme H détestait qu'on joue ici. On ramenait toujours des saletés dans la maison.

J'ai voulu écarter les toiles d'araignée pour Abilene, mais elle ne semblait pas s'en soucier, pas plus que de la saleté autour de nous. J'appréciais qu'elle ne soit pas une trouillarde, et son goût de l'aventure pourrait très bien correspondre au mien. Je l'imaginais comme le genre de fille capable de gravir avec moi le Machu Picchu au Pérou sans se plaindre une seule fois.

Abilene a émis un petit rire joyeux.

– Je n'aurais jamais cru que je serais aussi heureuse d'être dans un endroit sombre, humide et poussiéreux. N'importe quel lieu est mieux que cette chambre.

– Je suis d'accord. On avait besoin de sortir.

– Ça me surprend. Tu es difficile à cerner, et chaque fois que je pense avoir compris ton jeu, tu me sors un lift comme celui-ci. Tu ne devrais pas être en train de bosser ?

– Je devrais, oui. Mais il n'y a pas que le travail dans la vie. En fait, j'adore voyager. J'aime m'éloigner des sentiers battus, explorer. Je suppose que c'est ce qui se rapproche le plus de l'exploration pour l'instant, m'esclaffai-je.

Elle a éclaté de rire et j'ai réalisé que je n'entendais pas souvent rire, voire jamais. J'ai aimé le son de ce rire.

Beaucoup.

– Je vois ça. Tu es sûr qu'on va pouvoir sortir d'ici ? Imagine les Anciens en train de nous attendre ce soir, sans aucun invité d'honneur à torturer !

– Je connais ce passage comme ma poche.

– Merci, Beau. J'en avais besoin. Je sais que c'est un jour ouvré, mais je te remercie vraiment d'avoir pris le temps d'un changement d'air et de décor.

– J'en avais besoin aussi, dis-je. C'est de plus en plus difficile chaque jour, et j'ai l'impression que ça ne fera qu'empirer. (Je l'ai regardée et j'ai vu que mes mots avaient fait mouche.) Mais on peut le faire. On a réussi jusqu'à maintenant.

– On se concentre sur l'objectif final, d'accord ?

Oui, la fin de partie. Même si cela restait encore hypothétique à ce stade.

CHAPITRE 7

Abilene

Nous avions passé une journée agréable. Vraiment très agréable au regard de la monotonie de la vie ici depuis un mois.

J'essayais de rester concentrée, mais c'était difficile. J'avais le sentiment que tout allait trop vite et, en même temps, si lentement que rien ne bougeait. C'était comme être dans une voiture qui file à toute allure sur l'autoroute, un mouvement si fluide qu'il donne une impression d'immobilité.

Un écart de conduite, cependant, et vous finissiez dans le mur ; la sensation était trompeuse.

C'était ce que je ressentais avec Beau.

Le calme avant la tempête.

N'empêche, nous balader dans le manoir aujourd'hui alors qu'il me confiait ses souvenirs d'enfance était très agréable.

Puis une invitation est arrivée.

Souvent, il n'y avait rien dans la boîte qui l'accompagnait. Pas cette fois. Cette fois, Mme H a porté le carton dans la pièce avec tant de respect et de soin qu'elle semblait à peine respirer.

Ça m'a immédiatement alertée, et même Beau a abandonné son laptop et s'est levé pour lui prendre la boîte des mains.

Mme H a jeté un regard dans ma direction – cette femme ne m'aimait pas –, puis elle a tourné les talons et est repartie. J'allais devoir la surveiller, tout comme elle me surveillait. Elle s'était montrée cordiale à mon arrivée, mais depuis qu'elle avait découvert que Beau et moi nous connaissions, par une étrange « coïncidence », avant d'arriver ici, elle était devenue très méfiante. Je ne pouvais pas prendre le moindre risque.

Je devais aller jusqu'au bout. J'avais besoin d'accomplir ces trois mois au manoir et de pouvoir réclamer légitimement mon dû à la fin.

J'avais menti pendant l'entretien d'admission. J'avais mentionné une somme d'argent que je jugeais suffisante pour la plupart des candidates.

Mais bien sûr, ce que je voulais était tellement, tellement plus.

Il faudrait toute une vie pour le payer.

J'ai observé l'expression de Beau quand il a ouvert la boîte et j'ai été surprise de le voir sourire.

– C'est quoi ? demandai-je en m'approchant, ma curiosité prenant le dessus.

– Eh bien, mon père ou les Anciens ont décidé de faire honneur à mon héritage.

Il a tourné la boîte vers moi pour me montrer son contenu.

J'ai poussé un petit cri, malgré moi.

Je n'avais jamais vu autant de diamants à la fois.

Il y avait un... je ne pense même pas qu'on puisse appeler ça un collier. C'était plutôt un plastron en diamant, en forme de larme, avec un diamant géant au bout qui arrivait près du décolleté. La parure complète se composait de boucles d'oreilles pendentifs assorties, ainsi que d'un diadème serti de diamants et de rubis. Des escarpins scintillants étaient couchés au fond du carton.

Le dernier article dans la boîte était un nœud papillon incrusté de diamants.

Une petite carte avec des instructions nous informait que, tandis qu'il devait porter un smoking, je devais être parée *uniquement* des diamants et de la paire d'escarpins, car nous allions valser.

Mes sourcils sont remontés jusqu'à la naissance des cheveux.

– Valser ? La valse nue des diamants ?

Beau a ri.

– Ils adorent le porno chic.

– Seigneur.

J'ai tendu l'index pour toucher le collier, mais je l'ai reculé au dernier moment, et j'ai levé les yeux vers Beau.

– Et si j'en perds un ? Il y a des centaines de diamants sur ce bidule. Et si l'un d'eux se détache pendant la valse ?

Beau a tiré la boîte vers lui, l'air offensé.

– Ce sont des diamants Radcliffe. On sertit chaque joyau avec soin et précision. Ils ne se *détachent* pas.

J'ai cligné des yeux.

– Alors c'est le genre de came que fabrique ton entreprise ? Des bijoux comme ça ?

J'ai pointé la boîte du doigt.

– C'est l'une de nos parures haut de gamme, mais oui.

– Combien ça coûte ?

Il a haussé les épaules.

– Il est plus sage que tu ne penses pas à son prix en valsant.

– Ce n'est pas une réponse. Combien ?

Il a soupiré.

– Très bien. C'est un collier qui vaut un demi-million de dollars.

Je me suis étouffée avec ma propre langue.

– Un demi-mill...

J'ai failli lui arracher la boîte. La vache. J'avais un objectif plus élevé, mais quand même. Tenir un demi-million de dollars *dans mes mains...*

Ah. *Tu peux aller te rhabiller, Tina.* J'ai souri.

– Quoi ? s'enquit Beau.

Merde. Mes pensées se lisaient-elles sur mon visage? D'habitude, j'étais plus prudente.

J'ai secoué la tête en souriant.

– Euh, rien. Juste cette babiole, m'esclaffai-je. Putain, c'est une sacrée somme d'argent, franchement.

Beau a ri aussi.

– Ouais. Chaque fois qu'on le sort de la chambre forte, on prend des mesures de sécurité complément dingues.

Je l'ai regardé d'un œil noir.

– T'inquiète pas, je ne vais pas piquer ton précieux collier et essayer de m'enfuir.

Il a ri de plus belle.

– Non, je ne pense pas que tu le ferais.

Puis il a cessé de rire et m'a regardée curieusement. Mais il n'a rien dit. Il s'est juste fermé comme il le faisait parfois lorsque nous étions trop proches et qu'une complicité naissait entre nous.

Je détestais ce fichu interrupteur qui lui permettait de s'éteindre subitement. Ce n'était pas bon signe.

J'ai pensé à ce qu'il avait dit sur son père et Noël. Leur

tradition consistait à manger un repas ensemble, puis son père lui remettait une liasse de billets. Beau prétendait qu'il avait eu une enfance heureuse, mais comment avait-elle pu être heureuse sans maman ni chaleur maternelle et avec un père qui pensait qu'une liasse de billets remplaçait la magie des cadeaux de Noël ?

J'avais eu une enfance de merde et un manque d'intimité et d'affection que j'essayais de compenser depuis, mais au moins j'en étais consciente. Le fait de savoir qu'on était traumatisé rendait-il les choses plus faciles ou plus difficiles ? Il était peut-être plus agréable de traverser la vie dans l'ignorance. Peut-être que c'était ça le privilège d'être riche : avancer dans la vie sans jamais être confronté à ses fêlures.

Oh Beau chéri, je te réserve quelques surprises.

Nous nous sommes habillés — ou plutôt, je me suis *déshabillée*. Je me suis isolée dans la salle de bain, mon espace préféré ici, l'endroit où je pouvais me concentrer, me maquiller et me coiffer. Nous n'avions pas beaucoup de temps, car l'invitation était arrivée tard dans la journée. Il n'y avait pas de logique à leur venue. Je suppose que ça faisait partie de l'Initiation. Ils aimaient faire durer le suspense, nous laisser deviner.

J'étais habituée à une vie chaotique, aussi je n'étais pas trop affectée par cette guerre psychologique. Le style de vie des arnaqueurs n'était pas vraiment connu pour sa régularité.

L'année dernière, j'ai escroqué ce connard de promoteur de nightclub à Atlanta en prétendant avoir des liens avec des gourous du marketing et des influenceurs. J'ai réussi à lui soutirer dix mille dollars avant de disparaître des radars. Quoi qu'il en soit, j'étais debout toute la nuit et j'assurais en journée un emploi à plein temps de télévendeuse. J'essayais toujours d'avoir un travail légal en plus de mes activités extraprofessionnelles.

Je faisais bonne impression sur le papier et j'avais un CV solide et sans aucune interruption. J'ai pu ainsi me payer une belle voiture d'occasion en liquide, m'offrir de jolies sapes, et vous savez, remplir le frigo, alors que mon travail régulier soumis à l'impôt me permettait de payer le loyer.

Contrairement à Tina et ses rêves d'Ibiza, je voulais seulement m'en sortir. Tout le monde avait des privilèges sauf moi, alors j'ai voulu rétablir l'égalité des chances. Une question de justice, en somme.

Mais une fois qu'on a appris à arnaquer les riches, il est difficile d'arrêter. Comme le type du nightclub. Il était sordide. Il a commencé à me draguer, à reluquer mes seins, bref une cible foutrement facile.

– Viens, laisse-moi te mettre le collier, dit Beau en me voyant pensive au sortir de la salle de bain.

Je l'ai regardé, tirée de mes souvenirs. Il était grand, suave et beau comme un dieu dans son smoking impeccable, le nœud pap étincelant de pierres précieuses. Mais cet homme serait séduisant même vêtu d'une feuille de vigne. Dans son smoking blanc, il ressemblait à un dieu de l'univers. Dominateur, à l'aise, dans son élément.

Les battements de mon cœur se sont accélérés quand il s'est approché. *C'est à cause des diamants dans sa main*, me suis-je dit. En plus du collier, il devait y avoir cent mille autres diamants sertis entre les pierres géantes des boucles d'oreilles et du bracelet.

Cela n'avait rien à voir avec Beau Radcliffe lui-même. Rien du tout.

Oui, bien sûr, a murmuré une petite voix sarcastique dans ma tête. *Continue de te raconter des balivernes.*

J'ai pincé les lèvres et serré les dents alors que Beau est

passé dans mon dos et a baissé le haut de ma robe pour avoir accès à mon cou. Mes cheveux étaient relevés comme le soir de mon arrivée. Je savais que les bijoux seraient fabuleux sur mon long cou. J'avais inséré le diadème dans les boucles de mon chignon lâche et j'étais belle comme une fille qui vaut un demi-million de dollars.

Pourtant, même si je savais que je tenais bien mon rôle, quand les doigts de Beau m'ont effleuré la peau et qu'il a passé le lourd collier autour de mon cou, j'ai eu l'impression d'être un imposteur.

Car la godiche en moi s'est prise à rêver du côté Cendrillon de la scène. Mon Dieu, et si tout cela était réel ? Si un homme comme Beau Radcliffe *voulait* passer autour de mon cou un tel bijou, l'héritage de sa dynastie familiale ? Pour me revendiquer comme sienne et faire de moi sa femme.

C'était une notion barbare, alors je ne savais pas pourquoi mon ventre palpitait et mon entrejambe s'humidifiait. Un psy s'en donnerait à cœur joie avec moi, j'en étais sûre.

Cela dit, un psy se chierait dessus s'il passait ne serait-ce qu'une nuit dans cet antre du péché et de la tentation.

Ce soir, j'allais danser la valse nue, parée d'une rivière de diamants. La fille dont personne ne voulait, devenue aujourd'hui la reine d'un bal nu démentiel, au bras du plus bel homme de la pièce. Oh, le monde avait bien changé.

Je me suis mordu la lèvre quand Beau a fini d'attacher le collier, puis est passé au bracelet.

– Euh, à propos de ce soir…

– Hum, fit Beau occupé à manipuler le petit fermoir à mon poignet.

– Je ne sais pas valser.

Il a levé le nez et nos yeux se sont croisés pour la première fois depuis que j'étais sortie de la salle de bain.

– Oh.

– Ouais. Oh.

Il a haussé les épaules.

– Ce n'est pas difficile.

J'ai froncé les sourcils.

– Ah non ? Comment as-tu appris ?

– Ben, j'ai eu des leçons.

J'ai pouffé.

– Ouais, bien sûr, alors c'est facile pour toi. Petit rappel, la plèbe n'a pas grandi en allant à des bals des débutantes ou autres pince-fesses aristocrates, donc appris quelle fourchette utiliser et comment danser dans les soirées mondaines. Mon éducation se résume à regarder en boucle *Pretty Woman* en rêvant de coucher avec des types riches pour de l'argent. (J'ai mis la main sur ma poitrine de façon théâtrale.) Oh, regarde, mon rêve s'est réalisé !

Beau a levé les yeux au ciel.

– T'as fini ?

J'ai fait la moue.

– Pas sûr. J'ignore si tu as été officier, mais ta façon de me draguer l'autre soir correspond *parfaitement* à ma définition du gentleman. Alors tu coches tous mes fantasmes sur Richard Gere, dis-je en lui faisant un clin d'œil.

J'ai cru l'entendre étouffer un rire. Mais sa seule réaction à voix haute était une invective.

– Enfile tes escarpins. On ne doit pas arriver en retard. Et ne t'en fais pas pour la danse. Je vais mener. Tu n'auras qu'à me tenir et te laisser diriger sans résistance.

J'ai arqué un sourcil, mais je me suis mordu la langue pour ne pas répliquer. Car je pensais très fort que Beau Radcliffe était déjà dominant par nature. Et aussi pénible que ce soit, le pire était que ça me plaisait.

Je me suis assise sur le lit et j'ai glissé mes pieds dans les souliers, parfaitement à ma taille et étonnamment confortables. Je me suis levée pour faire quelques pas dans la pièce. Bon d'accord, ils n'étaient pas *si* confortables, mais ça irait. Je ne me suis pas ramassée, ce qui en soi était une victoire.

Beau m'attendait près de la porte, un sourire amusé aux lèvres quand il m'a vue trottiner dans la chambre pour tester les talons aiguilles.

Je l'ai fusillé du regard.

– T'as un truc à dire ?

Il a haussé les épaules, mais ses yeux pétillaient de malice.

– Non, rien.

Puis il m'a tendu son bras.

Mince, il était *beau*. Ce n'est pas juste, Univers. *Pas juste.*

J'ai inspiré à fond et je suis passée devant lui. J'ai ouvert la porte et je me suis avancée dans le couloir en me déhanchant.

Son petit rire m'a réjouie plus que de raison.

Il m'a rattrapée, et nous avons parcouru le couloir jusqu'au grand escalier. J'entendais la musique monter, de plus en plus forte tandis que nous descendions les marches.

Je croyais qu'ils passaient un disque, mais non. Quand nous sommes arrivés dans la salle de bal, un quatuor à cordes jouait, installé sur une petite estrade près de la cheminée en marbre.

Le lustre au gaz était enflammé, projetant des lumières et des ombres sur les danseurs. Le spectacle était d'une beauté à couper le souffle.

J'étais habituée aux scènes de débauche. Inévitablement, nous assistions ici à des scènes de nudité où une fille au moins se faisait tringler, souvent par-derrière, en suffoquant sur la bite d'un autre membre.

Mais ce soir, tout le monde jouait vraiment le jeu. J'étais sûre que ça finirait avec tous les membres la queue à l'air en train de la tremper dans un trou ou un autre, mais pour le moment, c'était vraiment comme un bal de l'ancien temps — sauf qu'au lieu de robes de bal élégantes, les femmes étaient nues sous leurs parures de bijoux raffinés.

Elles portaient des babioles comparées à moi, cependant. Oh, c'était des breloques impressionnantes, ornées d'émeraudes, de saphirs et autres, mais j'étais la seule à littéralement *ruisseler* de diamants.

– Par ici, nous indiqua un Ancien à notre entrée.

J'ai froncé les sourcils et regardé Beau, mais il m'a pris le bras sans attendre et a suivi l'Ancien.

– Choisis parmi la sélection, dit-il. Ce sont tous des diamants Radcliffe. Ton père a vraiment constitué une merveilleuse collection.

L'homme nous avait conduits à un cabinet antique et quand il s'est reculé, j'ai pu voir ce qu'il contenait.

Des paires de pinces à seins sophistiquées reposaient sur des présentoirs en satin le long du meuble, chaque pince étant sertie de pierres précieuses.

Beau n'a pas hésité ou perdu de temps à choisir. Il a immédiatement saisi la paire la plus lourde et la plus élaborée.

Encore des diamants, mais avec un rubis rouge sang au centre du motif en forme de larme. Au moins, ce serait raccord avec ma parure.

Mais je n'ai pas eu plus de temps pour réfléchir, car Beau a tout de suite ouvert les tenailles et m'a pincé les tétons sans perdre de temps.

La pièce était fraîche, et mes seins pointaient déjà, mais pour être honnête, dès que les doigts de Beau m'ont touchée et qu'il m'a tordu les tétons entre son index et son pouce, ils ont durci et se sont allongés.

Il a accroché la première pince, m'arrachant un halètement. Mince, cette saloperie faisait mal. Mais Beau me torturait déjà le deuxième téton, et j'étais impuissante face à ses manœuvres. Maudit Beau Radcliffe. Putain de... *ohh !*

Voilà, la deuxième pince était en place. Ma respiration était un long sifflement cette fois. Beau a tiré sur les pendentifs en pierres précieuses de sorte que j'ai vraiment senti le poids de la pince m'arracher les tétons.

Je lui ai lancé un regard furibond et, pour une fois, il n'est pas resté impassible. Le sourire en coin était de retour sur ses lèvres, et je voulais le mordre et l'embrasser. Je voulais qu'il me baise pour lui griffer le dos jusqu'au sang.

Son sourire s'est élargi comme s'il entendait mes pensées. Parce qu'à ce moment précis, il a pris ma main droite dans la sienne, a levé et posé ma main gauche sur son épaule, puis il m'a enlacé la taille. Et avant que je m'en rende compte, il nous entraînait dans le tourbillon des couples de valseurs.

Oh merde, attends, je n'étais pas prête ! Je ne l'ai pas dit à voix haute parce qu'on nous regardait, mais quand même !

Mes pieds trébuchaient à chaque pas, et je me suis accrochée à son épaule pour ne pas me rétamer tandis qu'il m'entraînait dans la danse.

– Arrête de lutter, dit-il. Laisse-moi diriger.

Je l'ai foudroyé du regard.

– Tu as menti. Ce n'est pas facile. Tu me traînes comme un boulet !

Il a roulé les yeux.

– Compte dans ta tête. *Un* deux trois, *un* deux trois. Tiens-moi et laisse-toi faire. Fais-moi confiance, je te guiderai. Putain, arrête de réfléchir pour une fois dans ta vie.

Ça avait l'air si facile pour lui.

Il ne comprenait pas ?

Ce qu'il me demandait était une chose terrifiante pour une fille comme moi.

Je n'ai jamais lâché les rênes. *Jamais.* Bien sûr, parfois j'aimais jouer la soumise dans la chambre, mais c'est toujours moi qui contrôlais. Toujours. Je laissais juste croire à l'autre, pendant un moment, qu'il avait le contrôle.

Mais au bout du compte, c'était toujours moi qui manipulais. Moi qui menais la danse.

Or, à ce moment précis, Beau me demandait de lâcher *vraiment* prise — de lui faire *vraiment* confiance. Même si c'était pour un acte aussi mineur et éphémère qu'une valse sur la piste de danse.

C'était vraiment ridicule de résister. Ridicule et dangereux, car il pourrait m'en coûter de ne pas jouer le jeu.

J'ai froncé les sourcils, je me suis concentrée en regardant la piste et mes pieds. Un deux trois, un deux trois, j'ai compté fébrilement, mais avant que j'entame la série suivante, Beau m'a saisi le menton d'une main ferme et m'a relevé la tête.

– Pas de triche en regardant tes pieds. Et essaie de ne pas compter tout haut. Tu es magnifique et tu te débrouilles si bien. Tu n'as pas besoin de faire ça.

Je me suis mordu la lèvre, gênée. Je n'avais pas réalisé que je comptais à haute voix. Merde. Peut-être que je pourrais compter en silence ?

Mais même murmurer la mesure dans ma tête ne m'empêcherait pas de lui écraser les pieds ni de trébucher.

– Lève la tête, exigea Beau — avec *cette* voix autoritaire, celle qu'il utilisait parfois quand il me pénétrait.

J'ai planté les yeux dans les siens.

– Lâche prise, dit-il à nouveau.

Sa main a serré la mienne, la tenant plus fermement, et il a affermi son emprise sur ma taille.

Et j'ai pigé. Vraiment.

Bien que cela aille à l'encontre de toutes les fibres de mon être, j'ai fini par obliger mes membres à se détendre et j'ai fait ce que Beau m'a dit.

Je me suis abandonnée à lui. Je me suis en quelque sorte... ramollie pour le laisser diriger.

Et il s'est passé une chose incroyable. Quand j'ai suffisamment relâché mes muscles pour sentir la force de son intention et de son élan... c'était... c'était waouh.

Soudain, au lieu de nous opposer et nous piétiner, nous nous sommes mis à glisser sur le sol de la salle de bal.

Un deux trois, *un* deux trois, *un* deux trois.

Nos corps ondulaient et évoluaient sur la musique entraînante, prenant appui sur le temps faible pour tourbillonner sur les deux et trois.

La chose qui se rapprochait le plus de cette sensation d'harmonie était le sexe, mais dans l'acte sexuel, je ne m'étais jamais complètement abandonnée dans les bras de mon partenaire comme j'étais forcée de le faire maintenant — car je ne connaissais pas les pas. Cela m'obligeait à faire une confiance aveugle à Beau.

Et c'était un partenaire digne de confiance. Son corps était un pilier solide auquel je pouvais m'accrocher. Les quelques fois où j'ai encore trébuché, il m'a rattrapée et fait virevolter. Nous avons commencé à évoluer si fluidement sur la piste que c'était comme si nous étions liquides ; je ne pouvais pas dire où je m'arrêtais et où il commençait. Les pinces à seins se balançaient et tiraient mes tétons quand nous valsions, déclenchant des sensations qui se propageaient dans tout mon corps.

Et les yeux de Beau... ils ne balayaient pas la pièce ou

nos pieds pour s'assurer que nous ne trébuchions pas. Non, ses yeux étaient plongés dans les miens tout le temps. Et je n'ai pas regardé mes pieds, et j'ai cessé de compter un deux trois dans ma tête.

J'ai regardé Beau, je me suis ancrée à lui, et je lui ai fait confiance tandis qu'il m'entraînait dans la pièce, me faisait valser en tournoyant. Ça n'aurait pas dû fonctionner aussi bien. Je ne savais pas danser.

Je ne pouvais pas non plus détourner mon regard de lui, même si je l'avais voulu — car danser était un acte de confiance active. Pas une décision que l'on prenait une seule fois. Non, c'était un choix que je devais faire à chaque instant, en continuant de m'abandonner à sa domination et à son autorité.

Quand le morceau s'est terminé et que Beau nous a entraînés sur le côté de la salle de bal, j'étais essoufflée, et pas seulement par la danse. Mon cœur battait à tout rompre dans ma poitrine.

Mais je n'ai pas eu le temps de reprendre mon souffle qu'un Ancien s'est approché de nous.

– Une excellente exposition vivante de tes bijoux de famille, dit-il à Beau avec un sourire ironique. Mais il est temps d'y ajouter une collection de perles.

J'ai interrogé Beau du regard ; le cou, les poignets, les oreilles et même mes seins étaient déjà parés de pierres précieuses. Où allaient-ils mettre ces perles exactement ?

Mais à l'ouverture du deuxième cabinet, j'ai compris que je manquais tout simplement d'imagination.

Car pour une fois, j'ai compris la règle du jeu de la soirée ; elle consistait à nous *couvrir* peu à peu au lieu de nous dénuder.

Mais les joyaux destinés à ces dames – provenant sans

doute tous de la boutique Radcliffe – n'étaient pas aussi innocents que de simples bijoux.

Voici un exemple de ce qui nous attendait. Des culottes minimalistes en dentelle sans entrejambe, à l'exception d'un collier de perles enfilées.

Mes yeux se sont arrondis, mais Beau n'a pas bronché ni hésité. Il a choisi une culotte en soie noire avec des perles nacrées et, tel un prince de conte de fées, il s'est incliné devant moi. Mais contrairement au prince de Cendrillon qui glisse une pantoufle de verre à son pied, il a soulevé mon pied uniquement pour pouvoir faire glisser la culotte perlée le long de mes jambes.

Ses doigts m'ont caressé au passage, les pouces s'enfonçant à l'intérieur de mes cuisses tandis qu'il propulsait la dentelle jusqu'à mes hanches.

– Champagne ? demanda une femme nue et parée de bijoux qui portait un plateau de flûtes scintillantes.

Beau en a pris deux et j'ai dégluti à la vue des flûtes si délicates dans ses mains masculines. Quand il m'en a tendu une, j'ai décidé d'être audacieuse, car nous connaissions déjà la suite du programme.

En effet, autour de nous, certains s'étaient accouplés et avaient commencé les vraies festivités de la nuit.

J'ai donc porté la flûte de champagne à mes lèvres, ai pris une gorgée, puis j'ai ouvert la bouche et fait couler le liquide le long de mon corps jusqu'au nombril, et au-delà, sur les perles frôlant mon intimité.

Beau a observé le ruisseau de champagne dévaler sur ma peau, puis ses yeux sont remontés vers les miens.

– Regarde ce que tu as fait, gronda-t-il d'une voix grave. Un vrai gâchis.

Mon cœur a tressauté à la sombre promesse contenue dans son ton.

– Que vas-tu faire ? murmurai-je. Me punir pour mon effronterie ?

Ses pupilles se sont dilatées et ses narines ont frémi.

– Tu ne devrais pas jouer à des jeux dangereux que tu ne comprends pas, fillette.

J'ai arqué un sourcil, pris une gorgée de champagne, l'ai laissée dégouliner sur ma lèvre inférieure et le long de mon corps.

Sans me quitter des yeux, il a passé un bras autour de ma taille et a rapproché son corps du mien, me forçant à reculer. Comme sur la piste de danse, je devais suivre ses mouvements, ou trébucher et tomber.

Il réaffirmait qui était le patron dans ce petit jeu. Et comme tout à l'heure, j'étais assez intelligente pour reconnaître que, dans certaines situations, si on ne veut pas couler, il ne faut surtout pas nager, mais s'accrocher à la seule bouée de sauvetage à proximité — qui dans ce cas se trouvait être lui.

Alors je me suis accrochée à lui et j'ai marché à reculons jusqu'à ce qu'il me plaque contre un mur. Puis il a pris ma flûte et l'a portée à mes lèvres. Mais avant qu'elle ne les touche, il l'a renversée sur moi, faisant cascader le champagne sur les pinces à seins. Puis, d'un geste théâtral, il a éclaboussé ma chatte avec les dernières gouttes, ma peau trempée luisant de larmes étincelantes.

Et il est tombé à genoux devant moi et m'a écarté, ou plutôt écartelé, les jambes.

J'ai agrippé le mur d'une main et son épaule de l'autre. Même agenouillé à mes pieds, il s'est assuré de me mettre dans une position instable pour que je sache que c'était toujours lui qui contrôlait la situation.

Mais quand sa bouche s'est refermée sur mon clitoris et qu'il s'est mis à lécher les perles contre mon bourgeon soyeux, puis à laper le champagne sur ma vulve d'avant en arrière, avant en arrière...

– Oh mon *Dieu* !

J'ai crié, sans me soucier de l'endroit où nous étions, des oreilles qui m'entendaient, focalisée uniquement sur la soie magique de sa langue contre sur mes chairs les plus intimes et du nirvana qu'il me faisait atteindre.

Mes jambes ont tremblé, mais j'ai réussi à rester debout, même quand il a passé un bras autour de ma cuisse et m'a écrasé la chatte contre son visage, m'explorant en profondeur avec sa langue vigoureuse.

J'ai continué à avoir des spasmes. L'orgasme ne s'est pas arrêté. J'étais liquéfiée, de la lave en fusion coulait entre mes jambes, le plaisir explosif m'avait transformée en un être de lumière ; tout l'éclat des pierres précieuses présentes dans la pièce miroitait à l'intérieur de moi.

J'ai crié encore et encore tandis que sa langue s'agitait et mon ventre se contractait, Beau orchestrant le plaisir qui dansait en moi d'une main de maître. Les perles décuplaient les sensations et sa langue... et ça ne s'arrêtait pas, et je ne voulais pas que ça s'arrête, jamais, oh mon Dieu, jamais...

J'ai renversé la tête et bombé la poitrine, les lourds pendentifs des pinces à tétons dansaient et se balançaient, me tirant les seins et me stimulant encore plus, même si cela semblait impossible. Oh *putain*, un plaisir aussi puissant ne devrait pas exister. Comment était-ce possible ?

Puis soudain, Beau n'était plus à genoux. Il était debout et avait écarté les perles, juste ce qu'il faut pour qu'elles continuent de rouler sur mon clitoris pendant qu'il me pénétrait, dur comme fer.

Ma chatte s'est resserrée autour de lui, et j'ai crié en enroulant les bras autour de son cou, m'agrippant à lui comme si ma vie en dépendait. Beau, mon radeau de survie dans l'océan déchaîné, dans les vagues qui s'écrasaient sur moi, me recouvraient, me malmenaient. Je me suis contractée de plus belle autour de sa queue, les orgasmes ne s'arrêtant pas.

J'ignorais que ça pouvait être comme ça. Pourquoi personne ne m'avait dit que ça pouvait être comme ça ? Si on m'avait prévenue, j'aurais peut-être pu me blinder face à la déferlante, mais là...

Il s'est enfoncé à nouveau, si loin, si loin que j'ai joui d'une toute nouvelle manière, une autre série de réactions au plaisir s'est déclenchée dans mon ventre.

J'ai planté les ongles dans ses épaules ; il n'a pas dû le sentir à travers sa veste de smoking. Mais il a senti quelque chose qui l'a fait jouir, car il s'est mis à me pilonner contre le mur, à coup de reins enfiévrés et vigoureux, puis il m'a épinglée comme un papillon sur du liège, nous laissant tous les deux hagards et tremblotants tandis qu'il explosait en moi.

Puis il s'est penché, son souffle chaud et rude sur mon oreille.

– Maintenant tu portes la marque des Radcliffe partout où c'est possible, tu es couverte de moi à l'intérieur et à l'extérieur.

J'ai frissonné et me suis accrochée à lui pour les derniers instants avant qu'il ne se retire parce que merde, c'était précisément la meilleure et la pire chose à dire.

Car il n'avait aucune idée du pouvoir d'un nom, et à quel point je désirais le sien plus que tout au monde.

Après tout, son nom était la raison même de ma présence ici.

Je rendrais ces bijoux à la fin de la nuit, mais je volerais le nom de Radcliffe au moment où tout cela serait terminé.

CHAPITRE 8

Beau

– Maintenant qu'on est dans notre chambre, je pense qu'une punition s'impose, dis-je en refermant la porte.

Une sombre faim me possédait, et il n'y avait qu'un seul moyen de l'apaiser.

– Punition ?

Ses yeux se sont arrondis, mais son petit sourire en coin m'indiquait qu'elle savait exactement à quoi s'attendre... et que c'était mérité.

– Les joyaux de ma famille doivent être manipulés avec soin et respect. Il est interdit de souiller les diamants Radcliffe avec du champagne, la sermonnai-je en détachant lentement la boucle de mon ceinturon.

– Oh vraiment ?

Elle a reculé de quelques pas vers le lit. Puis elle a promené le bout de ses doigts sur la rivière de diamants qui drapait son corps et a ajouté :

– J'ai été une méchante fille ?

– Très méchante.

J'ai saisi mon ceinturon et je l'ai retiré d'un coup sec des passants. Le sifflement du cuir et le cliquetis métallique de la boucle lui ont fait baisser ses yeux écarquillés.

– Que... qu'est-ce que tu vas me faire ?

Son air bravache a disparu et j'ai vu de la peur mélangée au désir traverser son regard.

Au lieu de répondre verbalement, je l'ai prise par le bras et fait pivoter pour qu'elle se penche sur le lit. Il n'y avait nul vêtement pour me gêner, et son cul ferme et laiteux était une cible parfaite. Sans hésiter, j'ai cinglé son derrière, adorant la façon dont le claquement du cuir s'est mêlé à son cri de surprise.

– Je vais te donner la fessée pour t'apprendre comment bien traiter le nom de Radcliffe.

À ma grande surprise, Abilene est restée en position de soumission. Elle a gardé le cul en l'air et le haut du corps courbé vers le matelas. Les diamants qui effleuraient les draps scintillaient dans la faible lumière de la pièce. Ses cheveux relevés plus tôt dans la soirée étaient détachés, et les boucles pourpres lui caressaient la peau.

J'ai abattu le ceinturon une fois, puis deux, trois, savourant le son de ses halètements et gémissements. Mais ce que j'appréciais le plus, c'est qu'elle ne changeait pas de position. Elle s'était soumise à ma domination, et j'avais du mal à résister à l'envie d'enfouir ma bite en elle. Essayant de rester concentré sur ma tâche, j'ai fait claquer le cuir encore plus fort, sa chair blanche rougissant à chaque nouveau coup de ceinturon.

– Ça fait mal, s'écria-t-elle.

J'ai répondu par un nouveau coup.

– Beau !

Un autre.

Ma domination réclamait d'autres coups de ceinturon,

et sa soumission semblait les implorer. Sans relâche, j'ai cinglé son cul jusqu'à le faire rougir comme si le feu avait léché sa chair. Ses miaulements et ses soupirs se sont transformés en gémissements et même en cris sans pour autant qu'elle brise sa position.

Cela confinait au sublime.

Et même quand j'ai arrêté et jeté le ceinturon sur le sol, mon petit animal parfaitement soumis est resté en position, attendant le prochain ordre.

Dieu, que j'avais besoin de cette fille.

Je voulais la tenir, la caresser, la protéger pour toujours et à jamais.

Je l'ai prise dans mes bras et l'ai serrée. Elle s'est blottie contre mon corps, et j'ai su que je devais effectuer les gestes guérisseurs dont nous avions tous deux besoin.

J'ai embrassé son front, sa joue, le bout de son nez, puis ses lèvres. J'ai pressé mon corps contre le sien, passé la langue sur ses lèvres pour me fondre en elle.

Soudain un baiser a éclos, mes lèvres se sont pressées contre les siennes, douces et généreuses, et j'ai failli perdre la tête.

Qu'étais-je en train de faire, bon sang ?

Je valais mieux que ça. J'enfreignais mes propres règles. Je me rapprochais trop. J'étais beaucoup trop proche, putain.

Et pourtant...

Quelque chose chez cette femme me faisait vibrer. Sa démonstration humble et authentique de vulnérabilité et de soumission agissait comme une dose d'adrénaline sur ma libido. Elle n'était pas prude ou imbue d'elle-même comme les filles que j'avais connues, mais douce et sincère... du moins au fond d'elle. Je le voyais dans ses yeux, même si elle essayait de le cacher. Bien sûr, elle pouvait être insolente, mais en réalité, Abilene était une femme courageuse avec une intelligence rare, et rien ne m'avait jamais autant excité.

J'ai voulu l'entraîner contre le mur. Je voulais la prendre ici et maintenant. Son corps parfaitement ferme et incurvé ne voulait pas bouger d'un pouce.

Elle a secoué la tête.

– On a enfreint une règle. Une de *nos* règles. Tu te souviens du contrat ?

Son sourire et l'étincelle de malice dans ses yeux m'ont dit qu'elle avait adoré chaque minute de cette violation du contrat, mais elle voulait avoir le dessus en soulignant ma perte de contrôle.

Je l'ai regardée, me fendant d'un sourire séducteur.

– Vraiment ? Peut-être que je dois te punir à nouveau pour avoir enfreint les règles.

– Moi ? ronronna-t-elle en posant les lèvres sur mon oreille. Il faut être deux pour un baiser. Je devrais peut-être recommencer juste pour voir dans quel pétrin je me fourre...

Elle a fait traîner sa bouche sur mon cou avec sensualité.

– Abilene... l'avertis-je, sentant que je perdais à nouveau le contrôle et voulais sentir ma langue danser avec la sienne.

– Beau... répliqua-t-elle, intensifiant ses baisers alors que l'air crépitait entre nous.

– Apparemment, avoir le cul en feu ne t'a pas suffi.

– Oh si... mais peut-être que j'aime ça.

Incapable de me contrôler une seconde de plus, je l'ai saisie et l'ai poussée violemment contre le mur. Je lui ai pris les mains et les ai clouées au-dessus de sa tête, lui tenant fermement les poignets d'une main, tandis que l'autre arrachait les parures en diamant de son corps. J'ai tiré rageusement, la débarrassant de tout contact avec les bijoux Radcliffe avant de pouvoir respirer à nouveau. Puis mes lèvres se sont écrasées sur les siennes avec une force inouïe, une passion féroce.

J'ai descendu les lèvres sur sa gorge et je l'ai embrassée, sucée, mordillée. Les mains clouées au-dessus de la tête, Abilene était contrainte de me laisser faire ce que je voulais. Tout en lui mordant le cou, je me suis débarrassé de tous mes vêtements avec la même impatience et fureur qui m'avaient poussé à la plaquer contre le mur.

Je l'avais déjà baisée ce soir, mais je n'étais jamais rassasié de cette fille. Embrassant un sein, puis l'autre, j'ai sucé chaque mamelon, en le mordillant entre mes dents. Elle haletait, elle gémissait, elle m'encourageait à descendre le long de son abdomen en picorant sa peau de baisers. Quand j'ai atteint ma destination finale, embrassant chaque once de chair, j'ai léché ses grandes lèvres jusqu'à ce qu'elle pousse des gémissements de désir très érotiques. Je mourais d'envie de la goûter davantage, dans l'intimité de notre chambre, alors j'ai enfoncé la langue dans sa fente humide.

– Beau... gémit-elle en m'empoignant les cheveux. Baise-moi. J'ai envie de toi. Maintenant.

Alors je l'ai allongée sur le sol, me suis mis sur elle et j'ai capté son regard pour ne plus le lâcher. Elle a plongé le sien dans mes yeux, unissant nos âmes, reliant nos énergies.

Je me suis enfoncé loin en elle et j'ai arrêté de bouger. Ce moment m'a bouleversé. J'ai ressenti une intimité et une proximité que je n'avais jamais expérimentées avant. J'ai regardé Abilene dans les yeux, conscient de ne faire qu'un avec elle.

– Tu es à moi, murmurai-je, troublé par le flot d'émotions qui m'envahissait.

C'était tellement plus qu'un acte de domination et un besoin sexuel primaire comme toutes les fois précédentes. Tellement plus.

– Je ne veux rien de plus qu'entendre ces mots.

J'ai baissé la tête et je l'ai embrassée jusqu'à avoir la sensation que nos lèvres fusionnaient. Sa respiration était la mienne, ma respiration était la sienne. J'ai senti sa langue s'enrouler délicatement autour de la mienne, ses mains me caresser. Nous nous embrassions.

Je l'ai pénétrée à un rythme lent et sensuel en lui caressant les cheveux, en souriant, en la regardant dans les yeux.

Nous n'étions pas seulement en train de baiser.

Nous n'essayions pas seulement de prendre notre pied.

Nous étions...

Putain... Nous étions.

Sans un mot, j'ai coulissé hors d'elle, lui embrassant les seins. J'ai aspiré un téton, puis l'autre. J'ai embrassé et léché chaque centimètre de son ventre. J'étais insatiable. Je n'en avais pas assez. Il m'en fallait plus, toujours plus de cette femme. J'avais besoin d'Abilene comme je n'avais jamais eu besoin de personne dans ma vie.

Je me suis positionné de façon à pouvoir glisser ma bite en elle une fois encore, enfonçant mon sexe profondément. Puis je me suis retiré rapidement, mais seulement pour y retourner mû par la force du désir pur.

– Regarde-moi dans les yeux, demandai-je.

Le regard d'Abilene a pénétré mon âme, exigeant que je la fixe sans jamais détourner les yeux. Je voulais le contrôle, et pourtant ses yeux m'ordonnaient de le lui laisser. J'avais beau essayer de résister, elle avait le pouvoir.

J'ai touché son visage et tracé lentement du bout des doigts le contour de sa mâchoire tandis qu'elle m'amenait au bord de l'orgasme.

Je l'ai pénétrée plus vigoureusement et j'ai déposé une traînée de baisers dans son cou.

– Jouis pour moi, Abilene. Je veux sentir ta chatte se contracter autour de ma queue.

Une ferveur bestiale m'a incendié quand sa chatte a obéi. Au moment où ses parois se sont resserrées autour de mon membre, elle a murmuré « oui, monsieur ». Puis son corps a été secoué de puissants spasmes.

Une fois la jouissance passée, je me suis retourné sur le dos pour qu'elle me chevauche. Ses cuisses élancées de chaque côté de mon corps m'ont rapproché de ma limite. Ses cheveux cascadant autour de son visage, ses beaux yeux enchanteurs, et la façon dont elle gémissait à chaque empalement ont failli avoir raison du peu de contrôle qu'il me restait.

J'ai fermé les yeux et me suis mis à balancer mon bassin dans une danse rythmique. Le feu s'est propagé à tout mon corps. J'ai senti le brasier grandir, attisé par la force motrice de mes reins, plus torride que l'enfer. La chaleur augmentait le volume de chaque gémissement et le souffle de chaque halètement. Abilene a renversé la tête en arrière et m'a pris les mains. Elle les a posées sur ses seins et a chevauché ma queue avec un abandon sauvage. Elle descendait quand je montais. J'ai donné des coups de reins plus rapides, attisant le feu jusqu'à ce que je hurle de plaisir, ses cris rejoignant les miens dans un chœur orgasmique.

Nous avons ondulé ensemble jusqu'à ce que la dernière vague de plaisir se retire. Lentement, Abilene a basculé sur le côté et s'est rapprochée de moi. Nos respirations semblaient s'accorder en cadence tandis que nous tentions tous les deux de retrouver un semblant de normalité.

Normal.

Putain, qu'est-ce qui était normal ?

J'ai senti mon rythme cardiaque s'accélérer et mon estomac se retourner. En un instant, mon corps repu est redevenu tendu et raide. La panique s'est emparée de moi. Ma garde s'était lentement effritée avec cette femme, me laissant fragile et vulnérable.

Faible.

Je devais rester fort si je voulais sortir victorieux des Épreuves d'Initiation. Ce n'était pas seulement un jeu. C'était ma vie. Mon avenir. Et mon côté protecteur m'a tancé que l'avenir d'Abilene se jouait aussi dans ce manoir. Je voulais l'aider à réaliser ses rêves. Elle le méritait. Elle aurait son gain. Je m'assurerais qu'elle l'ait.

Mais pas si j'étais faible.

– C'était... ce soir, c'était... waouh, murmura Abilene d'une voix endormie en se blottissant contre moi.

Malgré ma folle envie de l'envelopper dans mes bras, de l'embrasser et de lui murmurer des mots doux et des promesses venant de l'âme, je me suis levé et dirigé vers la fenêtre pour regarder dehors et essayer de me vider la tête.

Le silence régnait dans la pièce. Épais. Asphyxiant. La réalité étouffait l'euphorie résiduelle de cette baise hallucinante.

– Beau... appela doucement Abilene, le teint chaud de sa voix rompant la tension grandissante.

Je devrais jeter la prudence par la fenêtre et me recoucher près d'elle.

L'embrasser à nouveau comme je le désirais tant.

Caresser son corps et lui rappeler qu'il m'appartenait même après dissipation des brumes du jeu de domination et de soumission.

Je devrais renoncer aux règles. Lever les restrictions.

Oui, je devrais.

Merde, je devrais.

– On doit respecter le contrat, dis-je refusant de regarder

Abilene, nue dans le lit. Même si ce soir était... chaud. On a dépassé les limites.

– En s'embrassant ?

J'ai hoché la tête, même si nous avons franchi la ligne de bien d'autres façons que par le simple fait de s'embrasser. En tout cas, moi. Peut-être que c'était ma faute. J'ai inspiré à fond.

– On a établi un contrat pour une bonne raison.

– T'es sérieux ? Tu vas vraiment nous forcer à respecter ce contrat à la noix ? On l'a fait pour rigoler, et maintenant tu... T'es sérieux, putain ?

Ses mots étaient tranchants et sans la regarder, je savais qu'elle était furieuse.

La colère, c'était bien.

La colère, c'était la sécurité.

– On a un accord contractuel, poursuivis-je.

– Tu te fous de moi ? hurla-t-elle. On vient juste de faire l'amour et d'être plus proches qu'on ne l'a jamais été, et tu me parles d'un accord contractuel ? Va te faire foutre, Beau. Va te faire foutre, t'es trop con.

Bien. Déteste-moi. Je ne voulais pas que les gens m'aiment en affaires. Impitoyable, froid, et droit au but. Respectez-moi, ne m'aimez pas. Les affaires sont les affaires.

J'ai pivoté pour l'affronter et je l'ai regretté instantanément. Sa fureur ne la rendait que plus désirable.

– Ne te fâche pas. J'ai été très clair dès le début sur mes attentes. Toi et moi, on commence à rendre ça... bordélique. J'en parle juste pour qu'on remette de l'ordre dans notre façon de faire.

– Bordélique ?

Elle a prononcé ce mot calmement, ce qui m'a fait percevoir la rage dans ses yeux encore plus clairement.

– Oui, bordélique. Je le fais remarquer, c'est tout.

Elle a basculé les jambes au bord du lit, s'est levée et dirigée d'un pas raide vers la salle de bain... comme d'hab.

– Eh bien, on n'a pas besoin de ça. Personne n'aime le bordel.

Le claquement de porte a résonné dans le silence de la chambre.

CHAPITRE 9

Abilene

BORDÉLIQUE. *BORDÉLIQUE.*

Oh, j'allais lui montrer que je pouvais foutre un putain de bordel.

J'ai fixé Beau, écroulé dans le lit à côté de moi, dormant paisiblement, parce que bien sûr, il dormait. Apparemment, c'était dans sa nature. Il pouvait faire l'amour avec moi de façon incroyable, renversante, à m'en sentir, sentir...

J'ai dégluti et pressé mes paumes contre mes yeux.

Merde, c'était moi l'idiote dans l'histoire.

Un homme qui fait des promesses et susurre des mots doux en baisant, c'était vieux comme le monde.

Tu es à moi.

Et comme une godiche, j'ai répondu et je lui ai avoué que je désirais entendre ces mots.

Idiote !

J'ai rejeté le drap et je me suis levée. Beau n'a même pas bougé.

Et à la seconde où mes pieds ont touché le sol, mon

estomac a chaviré, et pas dans le bon sens. Oh merde, pas encore. J'ai renversé la tête en arrière. Sérieusement ? Je n'avais pas besoin de ces conneries en ce moment.

J'avais à peine mangé au dîner et un estomac vide n'était pas une bonne idée. J'allais le payer cher si je ne grignotais pas quelque chose tout de suite. Mais je n'étais pas vraiment dans un lieu où je pouvais expliquer mes besoins nutritionnels à quelqu'un. Ha.

J'ai regardé Beau qui ronflait comme si tout allait bien dans son monde. C'était sans doute le cas. Il surfait sur les Épreuves. Se vider les couilles régulièrement dans une nana sexy qui ne demandait qu'à être son sex-toy... Bon sang, j'avais été tellement *bête* ce soir !

J'emmerdais le règlement archaïque débile qui interdisait à une fille de quitter la chambre sans escorte masculine. Principes machistes à la con.

C'était peut-être encore plus stupide et imprudent de ma part, mais je n'en avais rien à cirer. J'ai enfilé une robe de chambre, puis j'ai ouvert la porte et je me suis glissée dans le couloir plongé dans la pénombre.

Mon cœur s'est emballé immédiatement. C'était ridicule cette impression de braver un interdit alors que je me baladais juste dans une maison endormie. J'étais comme une adolescente qui enfreint le couvre-feu. Ouais, je savais qu'il y avait des conséquences, mais en ce moment précis, toutes leurs règles et leurs foutus rituels me paraissaient absolument grotesques. C'était juste une bande de riches vicelards oisifs qui jouaient à se déguiser.

Nous autres vivions dans le monde réel. Celui où on a faim au milieu de la nuit et où on veut pouvoir aller se faire un putain de sandwich dans la cuisine.

J'ai quand même longé les murs en restant dans l'ombre. Ici et là, des appliques fournissaient assez de lumière pour voir où j'allais, et je me souvenais de l'emplacement de la cuisine. J'avais pris soin de le mémoriser lors de mon tour avec Beau.

J'ai tendu l'oreille, mais l'endroit était silencieux. Étrangement, à la vérité. Je ne croyais pas aux fantômes. Pas le genre qui hante les châteaux en tout cas. Non, j'étais plus habituée aux fantômes qui hantent nos souvenirs — ceux-là étaient bien réels. Tina venait régulièrement me hanter, et elle était encore bien vivante quelque part dans le monde, j'imagine. Mais je n'avais pas peur de voir surgir des goules de la guerre de Sécession, hargneuses et agressives. D'après mon expérience, les vivants faisaient bien plus de dégâts que les morts.

Mon Dieu, Beau qui a retourné sa veste ce soir comme s'il avait actionné un interrupteur...

J'avais déjà vécu ça.

Tina était comme lui. Elle jurait que nous étions des sœurs. Des sœurs de sang. Des sœurs pour la *vie*, voilà ce qu'elle m'avait dit.

Je l'ai rencontrée quand j'avais quatorze ans, abandonnée une nouvelle fois dans une famille d'accueil. Dès que l'assistante sociale s'est garée devant la maison délabrée avec des jouets et des vélos de pacotille sur la pelouse, j'ai su que le cauchemar allait recommencer.

J'ai supplié en larmes l'assistante sociale de ne pas me laisser là. Elle a dit que les Morrison étaient des gens très gentils et qu'ils accueillaient trois autres filles à peine plus âgées que moi. Ne voulais-je pas des amies ? N'étais-je pas lasse de partager un dortoir et une douche avec toutes les filles du foyer ? N'étais-je pas brutalisée là-bas ? Elle avait fait jouer ses relations pour m'obtenir ce placement, et si je ne montrais pas de gratitude, elle ferait demi-tour et donnerait la place à une fille plus méritante.

Je suis descendue de voiture.

Les Morrison, tout sourire, ont fait un numéro devant l'assistante sociale, glapissant leur joie de m'accueillir chez eux. Mais ce n'était même pas de bons acteurs. Je pouvais voir à travers eux. Ils n'en avaient rien à foutre de ma gueule. Ils ne s'intéressaient qu'au chèque. L'assistance sociale n'a rien vu ou était trop épuisée par sa charge de travail pour s'en soucier. Me laisser ici lui permettait de cocher une case. Alors, sans même jeter un coup d'œil à l'intérieur, elle a fait crisser les pneus de sa petite Pontiac proprette sur les graviers et est repartie.

« Va me chercher une bière » sont les premiers mots que m'a adressés Ray Morrison. Comme je n'allais pas assez vite, il s'est mis à m'insulter.

J'ai vite regretté d'être descendue de voiture.

Sauf pour Tina. Elle était dans cette famille d'accueil depuis six mois, et elle m'a prise sous son aile. Elle m'a montré comment éviter d'enrager M. Morrison et passer au large de Mme Morrison quand elle buvait.

Je passais des heures à la regarder se maquiller, à l'écouter parler des garçons et des garces à l'école, me dire qu'elle allait se barrer à Los Angeles et être un jour une actrice célèbre. Je la trouvais plus glamour que n'importe quelle actrice dans les magazines sur papier glacé. C'était une déesse. Je n'arrivais pas à croire qu'elle daignait passer du temps avec une fille comme moi.

Je ne l'ai compris que des années plus tard : Tina aimait simplement avoir un public. Elle aimait s'écouter parler, mais c'était encore mieux quand il y avait une groupie pendue à ses lèvres. Et en un an, j'ai aussi prouvé que j'étais une complice utile pour les vols à l'étalage.

Je faisais diversion pendant qu'elle bourrait son soutif de produits de beauté. Ses larcins sont montés d'un cran à partir de là. Je n'ai jamais voulu voler, mais Tina faisait paraître cela si facile et si cool... et ça marchait.

On ne s'est fait prendre qu'une fois.

Rayez cette phrase. *Je* me suis fait prendre. Tina faisait diversion – ou était *censée* faire diversion – pendant que je volais la marchandise.

Mais la commerçante a regardé dans ma direction, puis elle a crié à son neveu de m'attraper. Ce dernier se tenait juste derrière moi, ce que je n'avais pas vu.

Tina s'est enfuie illico. Je ne lui en ai pas voulu. J'aurais fui aussi à sa place. Du moins, c'est ce que je me suis dit. C'était déjà suffisamment embêtant qu'une de nous se fasse attraper. Inutile d'avoir toutes les deux des problèmes. Sauf que... je n'aurais jamais abandonné Tina. Nous étions des sœurs de *sang*. Nous avions accompli un rituel, cisaillé nos paumes, serré nos mains et tout le toutim. Je serais morte pour elle.

Mais elle s'est enfuie. La commerçante a été correcte, tout bien considéré. Elle pouvait appeler mes parents ou la police. J'avais le choix.

Alors j'ai donné le numéro de Ray.

Il était furieux quand il est venu me chercher et il a présenté ses plates excuses à la commerçante en payant les cosmétiques et les boucles d'oreilles que j'avais tenté de voler. Il m'a rouée de coups une fois à la maison.

Mais Tina m'a consolée cette nuit-là tandis que je sanglotais de douleur. Alors c'était gentil, non ? Elle ne s'est pas excusée, mais là encore, elle n'avait rien fait de mal, enfin pas *vraiment*.

Sauf que ça allait devenir un schéma répétitif. Ce jour-là n'était que le premier éclat d'une longue fêlure. Pendant des jours, des mois, des années, elle n'allait cesser de m'ébrécher. Prenant de plus en plus sans donner en retour. Me disant à quel point elle m'aimait, que nous étions comme les doigts de la main, unies contre le monde entier...

Et à la fin, sans drame, émotion, ni regret, elle m'a jetée comme une vieille chaussette.

Elle a cru que son copain s'intéressait plus à moi qu'à elle, elle est devenue jalouse, et a déménagé avec lui dans une autre ville. Elle m'a exclue de sa vie après cinq années passées ensemble. Comme si je n'avais jamais compté pour elle...

Parce que c'était le cas. J'étais une fille jetable pour elle. Je ne valais la peine d'être gardée que tant que j'étais utile.

J'ai ravalé une larme indésirable en me dirigeant vers la cuisine.

C'était idiot de penser à tout ça maintenant. Je bravais un interdit à deux heures du matin dans un manoir de pervers sexuels, pour l'amour du ciel. Ce n'était pas le moment de déterrer un passé qui était bien mieux mort et enterré.

Simplement parce que Beau Radcliffe pouvait envoyer bouler ses émotions comme ma meilleure amie/sœur sociopathe... Mouais. Pas grave.

J'ai soupiré et levé les yeux au ciel. J'ai fait une pause, essayant de calmer mon corps et mon esprit pour tendre l'oreille. C'était tout aussi silencieux que tout à l'heure. Tant mieux. Ça ne me surprenait pas. J'étais sûre que les autres résidents des lieux ronflaient paisiblement dans leurs lits comme Beau. Il n'y avait pas de conscience tourmentée ici.

J'ai secoué la tête en poussant la porte. La lumière filtrait à peine dans la cuisine, et il faisait encore plus sombre quand je suis entrée dans le cellier.

Je n'osais pas allumer, alors j'ai tâtonné le long des étagères. J'ai examiné plusieurs boîtes en les tirant une par une. Céréales. Céréales. Filtres à café.

En inspectant l'étagère du bas, je suis tombée sur une boîte en carton qui semblait avoir le bon format. Je l'ai levée vers la faible lumière.

Des crackers. Bingo !

J'ai ouvert la boîte et j'en ai fourré plusieurs dans ma bouche, puis je suis retournée vers le réfrigérateur. J'espérais qu'ils avaient des...

J'ai ouvert le frigo.

Oh oui, super. J'ai pris un soda au gingembre.

Dîner de gala.

Je venais d'ouvrir la canette quand soudain la lumière a inondé la pièce.

– Qu'est-ce que tu fais ici exactement, ma fille ?

Je me suis retournée si vite à la voix écossaise que j'ai failli renverser le soda.

– Seigneur, vous m'avez fichu une peur bleue ! dis-je en voyant la grosse bobonne.

Elle me fixait d'un œil noir, les bras croisés, dans une robe rose à froufrous que je n'aurais jamais imaginé être son style.

– Parle moins fort, siffla-t-elle en tirant pudiquement sur l'ourlet du jupon. Tu veux réveiller toute la maison ?

Intéressant. J'ai toujours eu l'impression que cette femme me détestait. Franchement, j'étais surprise qu'elle ne soit pas déjà en train de crier à tue-tête qu'il y avait une *fugitive* dans la cuisine.

Je devrais flipper. J'avais beaucoup à perdre. Mais après ce soir, je ne sais pas, tout ce pour quoi je m'étais échinée...

– Je ne sais pas à quoi tu joues, friponne, mais tu ne trompes personne. T'en es à combien ? demanda-t-elle en montrant du doigt les crackers et le soda.

D'abord, j'ai ri — friponne ? C'était nouveau ! Mais ensuite, mon cerveau a compris le reste de sa phrase et...

Tout le sang s'est retiré de mon visage. Oh merde. J'allais m'évanouir.

– De quoi parlez-vous ? m'esclaffai-je en jetant mes cheveux en arrière.

Elle m'a dévisagée sévèrement.

– Ne te fiche pas de moi, ma fille. Tu es enceinte, n'est-ce pas ? Comment as-tu fait pour passer au travers des mailles de l'examen médical ? N'essaie pas de nier. Je vais te faire pisser sur un bâtonnet avant la fin de la nuit ! Enfin, si je ne réveille pas toute la maison pour leur dire qu'ils se sont fait avoir par une menteuse. Je peux te faire disqualifier *immédiatement*.

Je me suis redressée et n'ai pas pris la peine de nier.

Très bien. Elle m'avait démasquée.

– Vous n'oseriez pas le faire. Vous chérissez trop Beau. C'est pourquoi vous n'avez pas encore réveillé toute la maison. Me disqualifier le disqualifierait aussi. Or vous ne voulez pas qu'il échoue.

Une lueur d'aversion, sinon de haine, a traversé son regard. Elle était loyale envers Beau et probablement envers tous les garçons qui avaient grandi dans cet endroit. Je devais faire très attention ; je marchais sur des œufs.

J'ai levé les mains.

– Écoutez, je ne cherche à entuber personne.

– Trop tard. Tu as mis Beau en danger avec tes mensonges et tes manigances. Dis-moi maintenant comment tu as trompé le médecin ?

J'ai levé les yeux au ciel.

– Ce n'était pas difficile. Il y avait beaucoup de filles à accueillir ce soir-là. Je savais que vous aviez consulté nos dossiers médicaux en amont. Je suis allée dans une clinique soi-disant pour faire l'injection contraceptive, mais j'ai payé le toubib pour qu'il ne me pique pas parce que j'étais déjà enceinte. Puis j'ai convaincu votre médecin de ne pas me la faire une deuxième fois, car elle était mentionnée dans mon dossier. Et il était tellement occupé qu'il n'a pas vérifié.

Le visage de Mme H s'est assombri.

– Et tu connaissais Beau avant de venir, donc ta présence ici n'est pas du tout une coïncidence.

Et puis merde. Je pouvais aussi bien lui dire. Je l'ai regardée dans les yeux et je me suis redressée.

– C'est son bébé. Il m'a engrossée la première fois qu'on a couché ensemble, il y a deux mois. C'est pour ça que je suis ici. Pour m'assurer que ce bébé aura ce qui lui est dû. Je refuse de le laisser grandir dans la misère comme moi. Cet enfant aura le nom et la fortune de son père. Ce ne sera pas un déshérité bon à jeter. Mon enfant sera un *Radcliffe.*

Mais Mme H faisait déjà non de la tête.

– Tu es une menteuse. Je connais suffisamment mon Beau pour savoir qu'il est prudent. Tu es tombée enceinte d'un autre homme et tu y as vu une opportunité. Parce que c'est que tu es, n'est-ce pas ? Une *opportuniste.* (Elle a ricané.) Je flaire les gens de ton espèce à des kilomètres.

J'ai émis un petit rire amer.

– Ouais. Vous voyez, ce genre de connerie est exactement ce que je ne voulais pas entendre quand j'ai su que j'étais enceinte et appris qui était le père en googlant son cul. Je savais que j'allais devoir me prendre ce genre de seau d'eau sur la tronche.

– Il est impossible que tu aies reçu une invitation. Tu es une menteuse et une tricheuse, alors n'essaie pas de me tirer les larmes avec ton histoire.

J'ai plaqué les mains sur mes hanches.

– Vous avez raison. C'est Beau lui-même qui m'a parlé de ces putains d'Épreuves ignobles la nuit où on était ensemble.

– Parle poliment, grogna-t-elle.

J'ai levé les yeux au ciel.

– Alors j'ai fait des recherches. J'ai trouvé où était cet endroit. (Elle n'avait pas besoin de savoir qu'une ancienne belle avait parlé.) Je suis restée en planque et j'ai suivi la limousine quand elle est sortie. Puis j'ai abordé la fille qui avait reçu l'invitation. Abilene. Et je lui ai proposé de prendre sa place.

– Tu es aussi perfide qu'un serpent, siffla Mme H, furibonde.

J'ai secoué la tête.

– Je ne sais même pas pourquoi je me donne la peine de vous expliquer. Vous n'avez manifestement jamais été dans une situation désespérée ; vous ne pouvez pas comprendre que j'avais absolument besoin d'un moyen d'entrer ici. Un moyen de savoir si cet homme pouvait être le père que je souhaitais pour mon enfant. Un moyen d'*exiger* qu'il apporte le soutien dû à la chair de sa chair.

J'ai levé les mains de dépit, me sentant idiote de continuer à plaider ma cause, mais peut-être que ça me faisait du bien de le dire à quelqu'un, même à cette femme intransigeante.

– Vous croyez que je ne sais pas qu'on exigera un test ADN ? Évidemment, je le sais. Et il prouvera que cet enfant est de Beau.

Je me suis touché le ventre, la gorge serrée. Mon Dieu, j'étais à la fois effrayée et émerveillée de savoir qu'un *être* minuscule grandissait en moi.

À deux mois, il avait la taille d'un raisin. Je l'avais lu sur un site débile sur la grossesse et ça m'avait marqué. Pourquoi indiquaient-ils toujours les tailles de bébé en fruits, je l'ignorais. Mais je n'ai pas pu l'oublier. Un minuscule bébé raisin.

Je l'ai regardée.

– Je ne connais rien à la maternité. J'ai la trouille. Mais je vais y arriver. Et je serai une maman du tonnerre. Mais j'ai besoin de protection. Je veux que mon bébé ait un père, mais je ne veux surtout pas qu'on me prenne mon enfant. Et oui, je veux le soutien qui m'est dû. Vous pensez que j'aurais des droits face à un tribunal comparé à la richesse et au pouvoir de ces gens ? demandai-je en montrant d'un geste circulaire l'opulence du manoir. Vous pensez qu'ils ne m'écraseraient pas s'ils le pouvaient. J'ai compris le système. Je sais comment il fonctionne. J'avais besoin de prendre le peu de pouvoir accessible dans ma situation. Je viens de *rien*.

J'ai pressé mon ventre, ma conviction grandissant au fur et à mesure de mon discours. Mince, je ne pouvais pas croire que j'avais perdu ma concentration ne serait-ce qu'un instant, même si le sexe avec Beau m'avait embrouillé la tête.

– Mais ce « rien » n'est pas l'endroit où mon enfant vivra. Il va avoir une vie facile. Une putain de *belle* vie.

Sur ce, j'ai fourré un cracker dans ma bouche, car j'étais nauséeuse à mort. Les matins étaient horribles. Même les matins qui étaient juste tard dans la nuit. Ou au milieu de la journée. Ou à n'importe quel moment vraiment parce que celui qui avait appelé ça les nausées matinales était un sacré *menteur*.

Mais il est vrai que les nausées du matin étaient les pires. Voilà pourquoi je passais plusieurs heures dans la salle de bain après mon réveil. Je vomissais généralement mes tripes pendant une heure, je m'allongeais sur le carrelage froid pendant une autre heure, puis je me lavais et me rendais présentable la dernière demi-heure avant d'essayer d'avaler un morceau au petit déjeuner.

Mme H m'a observée, les lèvres pincées, pendant de

longues secondes de silence. Elle a décroisé ses bras. Puis les a recroisés.

Sa mâchoire s'est tendue. Elle a ouvert la bouche... puis l'a refermée.

Finalement, elle a secoué la tête et a pointé un doigt vers mon visage.

– Je te laisse jusqu'à l'Épreuve de demain soir pour dire à Beau ce que tu viens de me raconter. Parce que si tu ne le fais pas, alors *je* lui dirai.

Ensuite, elle a saisi une boîte d'un blanc immaculé sur le comptoir de la cuisine, posée à gauche du four et l'a poussée vers moi. Je l'ai prise, reculant un peu face à ce geste inattendu.

– Jusqu'à demain soir. Et je jure devant les cieux, ma fille, ajouta-t-elle en pointant un doigt sur mon visage, que si tu mens, la colère de Dieu se déversera sur toi. Demain soir. Ou sinon...

Elle m'a lancé un regard noir en guise de dernier avertissement.

J'ai serré la boîte contre ma poitrine et opiné, effrayée par cette formidable virago.

– J'ai compris.

– Allez ouste. Bouge tes fesses et retourne dans la chambre avant que quelqu'un d'autre ne te voie !

Elle n'a pas eu à le répéter.

CHAPITRE 10

Beau

Abilene s'est comportée bizarrement toute la journée. Ses yeux verts erraient dans la pièce, évitant tout contact avec les miens. On aurait dit qu'elle se sentait coupable pour une raison inconnue, ou qu'elle voulait me dire un truc. Elle se tordait les mains et faisait les cent pas comme une lionne en cage, terrée dans son mutisme.

Cette fille me mettait à cran.

Je m'attendais à ce qu'elle soit en colère. Je m'attendais à ce qu'elle boude et ne m'adresse pas la parole. J'avais été dégueulasse après le sexe, je le savais. Mais son comportement allait bien au-delà d'une simple gueule et je détestais de ne pas pouvoir lire en elle.

– Bon, ça suffit, finis-je par dire en fermant mon laptop pour lui consacrer toute mon attention. Dis-moi ce qui se passe.

– Comment ça ? demanda-t-elle en regardant par la fenêtre.

– Ton énergie anxiogène va me rendre fou. Ça ne te ressemble pas.

Elle a inspiré à fond et s'est tournée vers moi.

– Eh bien... je suis nerveuse.

– Pour ce soir ? m'enquis-je en jetant un coup d'œil à la boîte destinée à l'Épreuve du jour. Les colliers blanc et rouge ?

Elle a ouvert la bouche pour parler, l'a fermée, puis a regardé la boîte que Mme H avait dû livrer quand j'étais dans la salle de bain.

– Que veulent dire les couleurs ? Blanc ? Rouge ?

– Ça veut dire que je vais te partager avec les Anciens, expliquai-je sans tergiverser. Le rouge signifie que je te partage avec les hommes de mon choix. Le blanc indique que tout le monde peut te prendre.

– Seigneur...

– Ça ne va pas être une Épreuve géniale... mais on est là pour ça, non ?

– Ouais, tout à fait. C'est pour ça qu'on est là, répéta-t-elle machinalement, mais je devinais à son ton qu'elle n'était pas d'accord avec moi. J'ai juste besoin de me calmer les nerfs, je suppose.

– Tu n'as jamais été aussi nerveuse, ou préoccupée, avant une Épreuve. Alors pourquoi maintenant ?

Elle me cachait quelque chose.

Elle a haussé les épaules et a reporté son attention sur la fenêtre.

– Abilene...

Sans me regarder, elle a dit :

– Tu sais... j'ai passé ces derniers jours à essayer de te comprendre. J'ai essayé de voir quel genre d'homme tu es vraiment. Au fond de toi.

– Dans quel but ?

– Apprendre à te connaître.

– Tu n'as pas besoin de me connaître pour réussir les Épreuves. On doit juste rester concentrés et suivre les règles.

– Oui, le contrat, marmonna-t-elle en caressant le tissu des rideaux. Comment pourrais-je l'oublier ?

– Oui, le contrat, répétai-je. Je sais que j'ai été salaud hier soir, et même si je pensais ce que j'ai dit, je ne voulais pas être aussi dur et froid. Je dis souvent ce que je pense sans me rendre compte de la façon dont ça peut être perçu par les autres. Excuse-moi si je t'ai blessée.

– Tu ne m'as pas blessée. Je sais ce que je suis venue faire ici. Je n'ai pas besoin que tu me le rappelles.

– Bien, dis-je en lui tendant la boîte de colliers. On doit se préparer. Il ne faut pas être en retard. Choisis la couleur.

– Va pour le blanc, lança-t-elle en prenant le collier. De toute façon, tu t'en fous. C'est juste une Épreuve de plus à passer, non ?

Je n'ai pas attendu la suite des reproches, préférant attraper mon smoking et me diriger vers la salle de bain. L'agacement bouillonnait dans mes veines sans que je puisse m'en expliquer la raison. Était-ce parce qu'elle était en colère contre moi ? Je me souciais donc de ce qu'elle pensait ? Était-ce parce que je combattais intérieurement les règles du contrat et que le monde clair et limpide dans lequel j'aimais vivre semblait s'assombrir au fil des jours ?

Une chose était sûre...

Cette petite rouquine sexy avait réussi à se glisser sous ma peau malgré moi.

J'étais stupéfait de voir l'aisance d'Abilene à se promener toute nue avec rien d'autre qu'un collier en cuir blanc. La tête haute, les épaules en arrière, elle paradait avec une assurance que je n'avais jamais vue chez une femme. Elle n'éprouvait aucune honte ni gêne. Elle ne s'est pas cachée derrière moi ou sous une robe de chambre tant qu'elle le pouvait. Elle a assumé son rôle avec une telle grâce et une telle... force.

Lorsque nous sommes entrés dans la salle de bal, la musique raffinée d'un quatuor a attiré mon attention. Mais toute élégance a disparu quand j'ai vu que nous assistions aux préliminaires d'une orgie. Je n'ai pas cherché mon père. Le voir dans ce contexte aurait été trop glauque. Ces hommes avec qui j'avais grandi et que j'admirais étaient en réalité des gros pervers.

Je ne me considérais pas comme un mec prude, bien au contraire, mais je n'avais pas envie de voir cet étalage de bites. Franchement, je voulais juste retourner dans la chambre, jeter Abilene sur le lit, et la baiser avec la passion sauvage de la nuit dernière.

Ma queue a tressailli à l'idée d'être enfoncé en elle jusqu'aux couilles. Et peut-être que je punirais en prime son beau petit cul pour sa mauvaise humeur de la journée.

– Que la fête commence, lança Abilene, me tirant de mes pensées.

Impossible de manquer son ton sarcastique.

Sans attendre que je réagisse, elle s'est jointe autres femmes. Les membres de l'Ordre du fantôme d'argent étaient déjà en train de peloter, doigter, prendre et fourrer à tire-larigot. J'ai aperçu mon pote Rafe assis sur une sorte de trône le long du mur, à côté d'autres chaises. J'ai décidé de le rejoindre et de regarder le spectacle. J'ignorais ce qu'on attendait de moi, aussi je préférais imiter Rafe, plus expérimenté que moi.

Quand je me suis assis, j'ai vite compris qu'il n'avait pas l'intention de bavarder. Ses yeux affûtés comme des lames étaient rivés sur sa belle, et la colère qui exsudait de ses pores avait l'odeur du danger. J'ai préféré rester silencieux et regarder ma propre belle gérer cette « invasion » en attendant que la soirée se termine.

Il y avait des dizaines de jolies filles dans la salle. Des scènes pornos aptes à captiver mon attention toute la nuit, et pourtant... je ne voyais qu'Abilene. Personne ne lui arrivait à la cheville, et cette petite chipie le savait. Son assurance frôlait l'arrogance, et j'adorais ça. Ses yeux verts me narguaient. Me défiaient de me lever de mon siège et de la revendiquer comme mienne. Et quand un homme en cape argentée s'est approché d'elle et a caressé ses jolis seins, j'ai failli péter les plombs.

Mais je refusais de lui octroyer ce pouvoir.

Non... je devais concentrer mon attention ailleurs. Elle a choisi le collier blanc ; à elle d'assumer les conséquences de son choix. Et même si regarder ces hommes la toucher et la caresser comme un vulgaire morceau de viande me rendait fou... je n'allais pas le montrer. Non. J'allais rester assis ici et siroter mon verre sans m'en faire. Je pouvais gérer cette Épreuve. Ignorer ce qui se passait. Ne pas... m'en préoccuper.

Simplement.

M'en tenir au plan.

Et je m'en sortais très bien jusqu'à ce que je voie M. St. Claire non loin d'Abilene se branler vigoureusement en se préparant à prendre une de ces pauvres femmes. Il vaudrait mieux que ce ne soit pas la *mienne*. Pas la mienne, répétai-je en boucle dans ma tête.

– Viens par ici, dit-il à la fille la plus proche de lui avant d'annoncer son intention. Je vais pincer ces petits nichons en l'enculant.

D'autres hommes se sont rassemblés autour de lui, visiblement intéressés par le programme. Comment pouvaient-ils trouver cela sexy ou excitant ? Le simple fait de les regarder me faisait gerber. Peut-être parce qu'Abilene était trop près de la scène pour ma quiétude.

L'un d'eux a attrapé une fille qui se faisait tringler par un Ancien et l'a forcée à s'agenouiller devant la bite de St. Claire. Elle a glapi de surprise, mais son petit cri a vite été étouffé par la bite que St. Claire lui a enfoncée dans la gorge.

– Toi, lança M. St. Claire à une autre fille. Viens ici. Lèche-moi les couilles et toi...

Nouveau claquement de doigts.

Il s'adressait cette fois à Abilene. Merde !

Elle a eu l'air terrifiée quand M. St. Claire s'est impatienté qu'elle n'accoure pas immédiatement.

C'était le père d'un de mes meilleurs amis. Si Walker voyait ça... merde... pourquoi je devais voir ça ? Des putains de malades... tous.

– Masse-moi la prostate. Fais-moi gicler comme un étalon, beugla-t-il.

Elle m'a regardé désespérément comme si elle attendait des instructions, mais je ne pouvais rien faire. Je ne pouvais rien faire, car cela aurait rompu notre contrat. Cela voudrait dire que je l'aimais bien, qu'il y avait plus entre nous qu'un simple accord contractuel.

Un putain d'accord contractuel !

Ouais, j'étais un sale menteur.

Comme elle tardait à obéir, M. St. Claire a aboyé.

– Maintenant ! Je t'ai donné un putain d'ordre, jeune fille. T'as un foutu collier blanc autour de ton putain de cou, alors touche-moi le cul avant que je décide de défoncer le tien et de te montrer ce qu'est un homme, un vrai !

J'ai détourné les yeux. Il était hors de question que je reste assis ici à regarder Abilene doigter l'anus du père de Walker. Je ne pouvais pas en supporter davantage. Mais sa virulence m'a forcé à rediriger les yeux vers eux.

– Bon sang, je ne t'ai pas dit de me fourrer les doigts dans le cul, éructa M. St. Claire en se retournant si violemment que sa bite est sortie de la bouche servile de l'autre fille. Je t'ai dit de me masser la prostate.

Abilene a cligné des yeux de surprise et d'effroi. Elle avait peur. Putain, elle avait vraiment peur et il m'a fallu toute ma volonté pour ne pas me ruer vers elle et botter le cul poilu de St. Claire. Mais c'était un Ancien. C'était une Épreuve éliminatoire. Nous devions nous plier aux règles ou risquer de tout perdre...

M. St. Claire a roulé des yeux.

– Merde, Beau, apprends à ta belle le b.a.-ba du plaisir masculin. Uma, viens ici et montre-lui où est la putain de prostate d'un homme. Considère ça comme une faveur, dit-il en me fusillant du regard.

Je me suis efforcé de lui sourire d'un air détaché en levant mon verre de bourbon à sa santé. J'ai vraiment dû prendre sur moi pour ne pas bondir de mon siège en hurlant de rage.

Pourquoi est-ce que ça me faisait enrager ?

Heureusement, au moment où j'atteignais ma limite, Montgomery est intervenu.

– Respire à fond, dit-il.

– Tout va bien, mentis-je en sirotant mon bourbon. Ça fait partie de l'Épreuve. Je vise uniquement l'objectif final.

– Si ça te fait du bien de dire ça, vas-y. Mais je te connais, mon pote. Ça te ronge de l'intérieur.

– Je t'ai dit... je vais bien.

Mais je n'allais pas bien. Pas bien du tout !

Ne touchez pas ce qui m'appartient, putain !

À ma connaissance, il n'y avait pas de règles pour la soirée. Qui a dit que je devais rester assis et regarder ? De toute évidence, un collier blanc signifiait tout le monde pouvait s'amuser avec les filles, mais gare à celui qui allait empêcher ma belle de *me* donner du plaisir. À moi.

Marchant d'un pas décidé vers Abilene, j'ai empoigné sa chevelure rousse et l'ai forcée à s'agenouiller. Mon coup d'éclat a fait jubiler St. Claire.

– Laisse-moi donner une leçon à ma belle, dis-je, espérant que l'agressivité envers Abilene distrairait St. Claire sans l'offenser. Elle devrait savoir comment procurer du plaisir à un Ancien, et je vais la punir pour sa gaucherie.

Le père de Walker a ri avant de reporter son attention sur une autre femme.

– Absolument. Je te la laisse. Elle est toute à toi.

J'ai déboutonné mon pantalon, sorti ma bite et baissé les yeux vers son visage effaré.

– Suce ma queue. Tout de suite.

C'était un ordre. Je n'allais pas être poli. Je voulais que tout le monde dans cette pièce, y compris Abilene, sache qu'elle était à moi. À moi.

J'ai empoigné mon sexe et je l'ai positionné devant sa bouche tout en guidant sa tête vers mon gland en tirant sur sa chevelure. Il ne s'agissait pas d'amour. Il n'y avait pas d'affect, pas de complicité. Il s'agissait de jouissance. La revendication primale, animale de ce qui m'appartenait.

Et Abilene le savait. Parce que sans hésitation, elle a ouvert la bouche et m'a léché le gland, sans détacher les yeux des miens.

– Prends toute la longueur, grognai-je en lui tirant les cheveux plus fort.

Obéissant à mon ordre, Abilene a pris ma bite bandée dans sa bouche et s'est mise à bouger la tête de haut en bas avec une succion et une friction qui m'ont presque fait fléchir les genoux.

Les femmes gémissaient autour de moi.

Les hommes poussaient des grognements de plaisir érotiques.

Mais je ne me concentrais que sur les lèvres humides qui coulissaient sur ma queue dans seul le but de me procurer du plaisir.

– Plus profond, gémis-je en poussant ma bite au fond de sa gorge. Avale-moi à fond comme la petite cochonne que tu es.

Comme mû par un désir de soumission, le fond de sa gorge a semblé s'ouvrir et ma bite a glissé encore plus loin. Elle n'a pas eu de haut-le-cœur, mais les larmes ont brouillé le vert de ses iris, et pourtant elle a abaissé davantage la tête.

Si profonde, putain.

Tellement serrée.

Incapable de me retenir plus longtemps, je me suis retiré de sa bouche. J'ai envisagé de répandre mon sperme sur sa jolie poitrine et même sur son visage pour qu'aucun membre de l'Ordre ne se pose la question de son appartenance, mais je voulais plus. Je voulais la revendiquer pleinement, dans tous les sens, partout. Et il y avait un orifice que je n'avais pas encore asservi à mon plaisir.

Ne voulant plus être au centre de la pièce, je l'ai relevée et l'ai guidée vers un sofa installé près de la cheminée. Heureusement pour moi, des bouteilles de lubrifiant traînaient sur une table et j'en ai pris une au passage.

– Je vais te sodomiser, déclarai-je, non pour lui demander la permission, mais pour la prévenir.

Abilene n'a rien dit, mais elle a failli trébucher en avançant vers le canapé.

Sans perdre une minute, je l'ai penchée à angle droit sur le canapé, j'ai enduit mon doigt de lubrifiant et je l'ai appuyé sur son petit trou qui serait bientôt le mien. Elle a haleté lorsque mon doigt a pénétré dans l'ouverture, mais elle n'a pas quitté la position dans laquelle je l'avais placée au bord du canapé, les fesses en l'air.

– Tu devrais me remercier de t'assouplir un peu avant te sodomiser.

– La vache, siffla-t-elle en gémissant et en se contractant.

– Détends-toi, ordonnai-je en lui doigtant l'anus, étirant doucement le rectum de chaque côté pour me faciliter le passage.

– Encule-moi et c'est tout, dit-elle alors que son anus se resserrait autour de mon doigt.

Je lui ai giflé les fesses de ma main libre.

– Tu ne me donnes pas d'ordre, dis-je en lui assénant une volée de fessées. C'est moi qui les donne.

J'ai enfoncé mon doigt plus profondément et plus vigoureusement. J'aimais voir son dos se cambrer et entendre les petits gémissements qui s'échappaient de ses lèvres, alors j'ai continué de la doigter. Et de lui gifler le cul jusqu'à ce que sa peau rougisse.

Mais le désir d'être en elle me submergeant, j'ai retiré mon doigt, lubrifié ma queue et l'ai appuyée sur son petit trou en prenant à peine le temps de la prévenir.

– Ça va faire mal, déclarai-je.

J'ai empoigné ses hanches et poussé ma bite dans son rectum, étirant les chairs au passage.

Ses soupirs et geignements m'ont confirmé qu'elle douillait. Mais au lieu d'essayer de se dégager ou de crier pour que j'arrête, cette diablesse a reculé les fesses vers moi pour que je la pénètre plus profondément. Elle aimait la douleur. Elle aimait que je revendique la propriété de son cul. Je le sentais dans sa façon de bouger.

Je lui ai giflé les fesses pour l'avertir que, même si j'appréciais ses mouvements, c'était moi qui contrôlais la situation. C'était moi qui décidais du rythme et de la profondeur de la pénétration.

J'ai entendu glapir mon nom derrière moi.

– Beau !

Je me suis dévissé le cou et j'ai vu Mme H foncer vers moi.

Alors que j'étais enfoncé jusqu'aux couilles dans le cul d'Abilene, elle s'est approchée de nous sans hésiter et m'a chuchoté à l'oreille :

– Comment oses-tu frapper une fille dans son état ?

Frapper ?

Dans son état ?

Mme H ?

Retirant rapidement ma bite d'Abilene et la rangeant dans mon pantalon, je me suis efforcé de comprendre ce qui se passait. Abilene s'est retournée et s'est assise sur le canapé, remontant les jambes sur sa poitrine pour cacher en partie sa nudité devant Mme H.

– Mais... qu'est-ce que vous faites ici ? m'exclamai-je en balayant la pièce pour voir si quelqu'un d'autre avait remarqué que la reine mère des Oléandres se trimbalait dans la salle de bal au milieu d'une orgie débridée.

Tout le monde semblait bien trop occupé pour le remarquer. Abilene et moi étions les seuls à pâtir de ce moment embarrassant.

– Tu étais en train de l'embrocher comme un méchoui ! dit Mme H en plaquant les mains sur les hanches. Je ne suis pas du genre à traiter une femme enceinte comme de la porcelaine, mais j'attends de toi un minimum de délicatesse. D'autant plus qu'on ne sait pas si le bébé se porte bien avant que le médecin l'examine. Elle n'a pas été autorisée à faire des... activités.

J'ai jeté un coup d'œil à Abilene dont les yeux étaient écarquillés et qui secouait la tête en regardant Mme H.

– Mais de quoi parlez-vous ? Un bébé ? Enceinte ? Putain, tu es enceinte ? murmurai-je assez bas pour que seule Abilene et peut-être Mme H. puissent m'entendre.

La lèvre d'Abilene tremblait et ses longues boucles lui cachaient le visage, mais pas entièrement. J'ai pu y lire la réponse à ma question.

– Enceinte, répétai-je ahuri, le mot m'écorchant la langue. Enceinte.

– J'ai essayé de te le dire. J'allais lui dire aujourd'hui, dit-elle à l'adresse de Mme H.

Mme H m'a pris par le bras et murmuré à l'oreille :

– Fais-la sortir d'ici avant que quelqu'un ne remarque nos échanges.

Mes oreilles bourdonnaient, assourdissant le son de la musique classique et des bruits d'orgasme et de succion. J'étais d'accord avec Mme H. Il fallait sortir d'ici immédiatement. J'avais besoin d'air. J'avais besoin de me faire à l'idée de ce que je venais d'apprendre.

Enceinte...

CHAPITRE 11

Abilene

– Qu'est-ce qu'elle a voulu dire ? Tu ne peux pas être enceinte ! s'écria Beau après m'avoir traînée jusqu'à la chambre et avoir claqué la porte derrière nous.

Les Anciens auraient pu tiquer sur notre disparition si soudaine, mais juste au moment où nous partions, un incident a fait diversion. L'autre Initié venait de se lever et d'interpeller les Anciens au moment où Beau m'a tirée par le coude pour m'entraîner hors de la salle de bal.

Je l'ai dévisagé d'un air hagard, maintenant que nous étions seuls dans la chambre. J'étais complètement chamboulée par ce qui venait de se passer en bas.

– Je *peux* tout à fait être enceinte. Je le suis. Et c'est ton bébé. Conçu le soir où on a couché ensemble, il y a deux mois.

Si je trouvais Beau énervé avant, ce n'était rien comparé à son visage écarlate de maintenant.

Il s'est jeté sur moi.

J'ai glapi et essayé de courir, mais il n'y avait nulle part où aller. Avant que je puisse m'échapper, il m'a plaquée dos à la porte.

Ses mains se sont posées sur mon cou. Il n'a pas serré, il les a simplement laissées là, me clouant au mur.

– Tu me mens depuis le début, siffla-t-il entre ses dents.

J'ai arraché sa main qui me prenait à la gorge, puis j'ai poussé violemment sa poitrine.

– Non, je voulais juste voir quel genre de père mon enfant aurait. Et là, je te vois sous ton vrai jour. Alors merci.

– Arrête de dire ça. Même si t'es enceinte, on sait tous les deux que ce n'est pas de moi. Je ne baise jamais sans capote. (J'ai arqué un sourcil et il a agité nerveusement la main sous mon nez.) Sauf ici. Mais on m'a assuré que tu avais eu une injection contraceptive avant ton séjour au manoir.

– C'est vrai, je ne peux pas tomber enceinte, ricanai-je. Car je le suis déjà.

– Du bâtard d'un autre mec. Que tu essaies de faire passer pour le mien. Je ne suis pas con à ce point. Tu crois que des putes désespérées n'ont jamais essayé de me faire le coup avant ?

Des putes désespérées ?

– Espèce de connard égocentrique !

Il n'était pas le seul à être en droit de s'énerver.

– Je ne savais pas qui tu étais la nuit du bar ! Et devine quoi, M. Prudence Extrême, tu n'as pas mis de capote cette nuit-là. Tu n'as même pas pris la peine de m'en demander une. On était tous les deux bourrés et si excités, qu'à peine arrivé dans mon appartement, tu m'as prise contre le mur. Tu t'en souviens ? Oh non, tu ne t'en souviens pas. Ça ne rend pas la réalité moins vraie. Surtout depuis que ta petite giclée de semence dans mon vagin a donné vie à un *enfant*. Oh, quelle charmante surprise de le découvrir six semaines plus tard...

Il s'est reculé et a croisé les bras sur sa poitrine, froid comme une sculpture de glace.

– Tu as fini ? demanda-t-il glacial.

– Si j'ai fini ? sifflai-je, de plus en plus énervée à mesure qu'il se calmait. Non, je n'ai pas fini. Parce qu'après avoir découvert qui tu étais, j'ai *essayé* de t'appeler. Mais devine qui a refusé de te passer l'appel d'une inconnue qui prétendait avoir eu un rendez-vous avec toi. En fait, il s'avère que tu es *impossible* à joindre. Monsieur Intouchable. Mais je me suis juré que mon enfant ne grandirait pas comme moi. Et qu'on ne me l'enlèverait pas non plus. Ce bébé va avoir le nom de famille de son père et la vie qu'il mérite, et je serai sa mère.

Le calme olympien de Beau s'est fissuré et c'était magnifique à observer. Il a pointé l'index droit sur mon visage.

– Alors je suppose que tu ferais mieux d'aller au bar et d'agresser le videur ou le barman ou tous ceux que tu as baisés puisque tu écartes les jambes si facilement.

Je l'ai giflé.

De toutes mes forces.

Et quand j'ai pris mon élan pour le gifler à nouveau, sa main a jailli et m'a immobilisé le poignet.

J'ai tenté de me libérer, mais il était fort et comme il ne voulait pas me lâcher, je suis restée le bras en l'air, bloquée par sa poigne de fer.

– T'es le seul mec avec qui j'ai couché cette année, espèce d'enfoiré !

Ses yeux se sont arrondis et sa prise s'est relâchée. J'ai retiré mon bras d'un coup sec et il m'a lâchée. Je me suis enfuie loin de lui, mais je n'avais pas fait deux pas qu'il m'arrêtait à nouveau.

Sa prise n'était pas aussi ferme cette fois, et je me suis

libérée sans mal. Son beau visage était confus, circonspect, et son regard arrogant avait perdu de sa superbe.

– Supposons que tu dises la vérité...

Il s'est éloigné comme s'il n'arrivait pas à terminer sa phrase tellement c'était incompréhensible.

J'ai secoué la tête de dépit.

– Bon sang, tu me prends pour une idiote ? Je sais que tu voudras un test ADN pour prouver ta paternité. Fais tous les tests que tu veux, je connais déjà le résultat. Tu crois vraiment que je viendrais ici et supporterais toutes ces conneries si je n'étais pas sûre que tu sois le père ?

J'ai indiqué d'un geste circulaire les murs du manoir. J'imagine que la vérité l'a frappé à ce moment-là, parce qu'il a cligné des yeux et a fait un pas en arrière en trébuchant.

– Un bébé ? Je vais être papa ?

Il s'est passé la main dans les cheveux, comme frappé de plein fouet par le poids lourd de la réalité.

– Eh ouais, m'esclaffai-je caustiquement. Je n'étais pas vraiment prête à encaisser la nouvelle, moi non plus. Je n'aurais jamais cru que...

J'ai posé les mains sur ma taille. J'avais encore le ventre plat, mais parfois, la nuit, je m'allongeais, touchais mon bidon et j'imaginais le petit être niché à l'intérieur. Les battements de son cœur. Ce que je ressentirais en tenant le bébé dans mes bras dans moins de sept mois. Mon fils ou ma fille.

J'avais encore du mal à m'y faire.

Merde, j'allais bousiller ce gamin. J'étais probablement déjà en train de le faire. J'ai regardé Beau. Il clignait des yeux, sa bouche s'ouvrait et se fermait comme s'il allait dire quelque chose, mais ensuite ses paupières papillonnaient et il restait silencieux.

C'était comme regarder un robot en court-circuit. Je

pouvais presque voir le message clignoter sur son front : Mes circuits sont niqués ! Mes circuits sont niqués !

Oh mon Dieu, ça allait être un désastre. Ça l'était déjà. J'avais tout fait foirer.

C'est alors que j'ai senti ce picotement sous ma langue, puis la sensation de nausée me retourner l'estomac.

Oh, merde.

J'ai couru dans la salle de bains, claqué la porte et tiré le verrou, et j'ai réussi à atteindre les toilettes juste à temps pour y vider le maigre contenu de mon déjeuner et toute la flotte que j'avais bue pour rester hydratée.

Presque immédiatement, j'ai entendu des coups sur la porte.

– Abilene. Abby ! Ouvre. Laisse-moi entrer !

J'ai agrippé la cuvette des toilettes et j'ai vomi à nouveau, crachant de la bile.

J'avais chaud, je transpirais de partout et j'avais les larmes aux yeux. J'ai cherché à tâtons du papier toilette pour m'essuyer le visage et la bouche.

– Abilene ! Je suis sérieux, ouvre la porte tout de suite !

Je me suis affalée sur le carrelage frais près des toilettes et adossée au mur. J'ai renversé la tête en arrière, regardant le plafond sans le voir.

– Abilene !

Bang bang bang bang.

J'ai posé mes mains tremblantes sur ma tête, puis j'ai crié.

– Va-t'en ! Ce parasite que tu as planté en moi me fait gerber trois fois par jour, putain ! Tu attendras ton tour pour aller aux toilettes !

Puis j'ai gémi et je me suis caressé le ventre.

– Pardon, bébé. Je ne pense pas que tu es un parasite. Tu es magnifique, je le sais déjà. Ton papa est juste un trouduc qui a besoin que maman lui file une bonne leçon. Mais maman est trop fatiguée pour se battre maintenant.

Ma tête s'est affaissée contre le mur.

Mais Beau ne lâchait pas prise et donnait des coups dans la porte comme pour la défoncer. Alors j'ai cédé.

– D'accord ! criai-je.

Je me suis traînée en tremblant jusqu'à la porte, je l'ai déverrouillée et ouverte d'un coup sec. Mais le mouvement a été trop rapide, trop tôt, et j'ai rampé jusqu'aux toilettes, agrippé la cuvette et vomi de l'air. Il ne sortait presque rien, mais de violents spasmes me secouaient tout le corps. Lorsque mon estomac vide a eu fini d'essayer d'expulser son contenu inexistant, j'étais en sueur et en larmes.

C'est alors que j'ai réalisé qu'il y avait une présence derrière moi. Des mains puissantes qui me tenaient les cheveux. Beau me frottait le dos et soulevait mes tifs pendant que je...

Si je pleurais déjà avant, ce n'était rien comparé aux larmes qui ont explosé face à ce geste d'une douceur inattendue.

Je pouvais supporter le Beau connard et glacial. Mais pas le, pas le...

– Chut, murmura-t-il en me tournant pour me serrer dans ses bras. Chut.

Et puis, alors que je n'étais plus qu'une chiffe molle, épuisée et complètement vidée par la soirée et son incroyable épilogue, je me suis soudain mise à flotter.

Beau m'avait soulevée. Il me berçait dans ses bras. Et avant que j'aie pu comprendre ce qui se passait et jouir pleinement de la sensation divine de ses bras rassurants, il m'a posée en douceur sur le lit.

J'ai ouvert les yeux. Son visage était tendre, ému et

inquiet. Puis j'ai senti ses mains autour de mon corps. Était-il vraiment en train de me... *border* ?

Eh bien, oui. Oui, il existait un Beau Radcliffe délicat et compatissant qui me mettait au lit et me bordait quand j'étais malade.

– Chut. Tu as besoin de te reposer. On parlera demain matin. Tu n'as plus à t'inquiéter de rien. Si cet enfant est vraiment le mien, il ne manquera jamais de rien. *Jamais.*

Alors je me suis endormie avec cette pensée : peu importe tout ce que j'avais foiré en cours de route, car j'avais atteint mon objectif.

Mon enfant serait un Radcliffe.

CHAPITRE 12

Beau

Je me suis approché de la fenêtre pour détourner mes yeux d'Abilene — à mon corps défendant, alors que les heures aux Oléandres s'écoulaient à un rythme atrocement lent. Je savais que le seul moyen de supporter ces journées était de rester concentré sur l'objectif final. Pas de distractions. Les nanas ont tout fait foirer dans ma vie, et je n'allais certainement pas laisser celle-ci gâcher l'épreuve la plus importante de ma vie... du moins, c'était le plan initial.

Mais sa nouvelle m'a totalement déconcerté. Je n'arrivais pas à comprendre ses paroles ni à imaginer l'avenir. Je ne pouvais pas anticiper la prochaine étape. Le chaos total.

Le but de l'Ordre était de briser la belle.

Pas de sauver la belle.

Pas de tomber amoureux de la belle.

Pas de vivre heureux avec la belle.

Mais maintenant, il y avait un bébé à prendre en compte dans l'équation. Les règles du jeu venaient de changer radicalement.

Nous n'étions pas dans le manoir depuis longtemps, et je me trouvais déjà en difficulté, ce qui n'était pas bon signe. J'étais tellement persuadé de pouvoir gérer ces rituels débiles de la société secrète, que ce ne serait qu'une case de plus à cocher dans ma progression régulière vers l'avenir qui me tendait les bras. Mais maintenant, cette grossesse...

J'étais quasiment sûr de ne pas être le premier à avoir engrossé une belle dans la longue existence de l'Ordre, mais ma façon de gérer la situation allait être la clé pour contenter les Anciens ou tout perdre. J'ignorais quelle solution ils considéreraient comme « juste » ou « appropriée ».

Mais Abilene enceinte, devais-je nous retirer du jeu ? Devais-je faire savoir aux Anciens qu'elle n'était en aucun cas apte à... faire d'autres activités ? Non... je devais me concentrer sur la réussite de chaque Épreuve, peu importe ce qu'on me faisait subir. Ce qu'on *nous* faisait subir.

Tant que ça ne faisait pas de mal au bébé.

Penser à tout cela allait me rendre fou.

Par chance, un événement a attiré mon attention dans le parc. Rafe marchait lentement vers le cimetière, et même si je savais pourquoi il s'y rendait, j'ai décidé de m'éclipser de la chambre quelques minutes pour aller lui dire bonjour... ou au revoir puisque son Initiation était terminée.

Mme H m'avait informé ce matin qu'il ne restait qu'Abilene et moi au manoir, bien qu'elle ne divulgue jamais de détails. Elle était venue prendre des nouvelles d'Abilene, du bébé et de moi. Je lui ai dit que je n'étais pas en mesure de discuter de tout cela maintenant, ce qu'elle a heureusement compris, et elle nous a laissés prendre notre petit déjeuner en paix.

– Je reviens tout de suite, dis-je à Abilene qui regardait un vieux film en noir et blanc sur une petite télévision que j'avais réussi à lui procurer.

Je voyais bien qu'elle n'avait pas plus envie que moi d'avoir une discussion sérieuse, car elle aussi évitait de croiser mon regard.

Elle a levé les yeux, surprise.

– Où vas-tu ? On n'a pas le droit de sortir seuls de la chambre.

– Si, j'ai le droit, précisai-je en laçant mes souliers. *Toi*, tu ne peux pas te promener seule. J'en ai pour une seconde. Je vais dire au revoir à mon pote. T'inquiète, ce ne sera pas long, ajoutai-je en voyant que l'idée de rester seule la contrariait.

Sans attendre qu'elle argumente ou me supplie de l'emmener, je suis sorti prestement et j'ai couru dans le couloir, puis le parc pour rattraper Rafe qui était presque parvenu en haut de la colline.

Alors que j'approchais de l'endroit où il se tenait, face à une tombe, je l'ai entendu parler et j'ai préféré lui laisser du temps avec son mort.

– J'aurais dû venir plus tôt, déclara Rafe à la pierre tombale de Timothy. C'est la culpabilité qui m'a retenu. J'ai toujours cru que tu étais dans ce trou à cause de moi, même si je regretterai toute ma vie de ne pas avoir décroché ce putain de téléphone...

Il a inspiré à fond et s'est tu longuement avant de poursuivre.

– Ça y est, je l'ai fait. J'ai réussi l'Initiation. Je voulais que papa soit fier et je voulais honorer ton nom. J'espère avoir réussi. Tu le crois ? Je suis un membre de l'Ordre du fantôme d'argent. Je vais porter ces capes et faire partie du bazar.

Rafe a regardé ses pieds et shooté dans une racine avant d'ajouter :

– Tu me manques, mon frère. Vraiment. Mais j'ai une bonne nouvelle. Fallon Perry… tu te souviens d'elle ? Eh bien, tu ne vas pas le croire, mais je l'aime, s'esclaffa-t-il. Je sais, tu te moquais de moi en disant que j'avais le béguin pour elle quand on était enfants. Et tu avais raison, même si je déteste l'admettre. Bref… j'espère bien passer ma vie avec elle, et ça me fait chaud au cœur de savoir que tu la connaissais et que tu approuverais. Je sais que tu approuverais. (Sa voix s'est enrouée et il a levé les yeux au ciel.) Tu me manques, putain.

– C'était un mec bien, dis-je en rejoignant Rafe et en posant la main sur son épaule pour le réconforter. J'ai toujours admiré Tim. Je suis sûr qu'il serait fier de l'homme que tu es devenu.

Rafe a hoché la tête.

– Ouais, c'était un mec bien. J'espère vraiment avoir honoré sa mémoire. Tu t'es échappé de ce nid de vipères ? demanda-t-il en me regardant.

J'ai haussé les épaules et glissé les mains dans mes poches en fixant la stèle de Tim.

– Ce truc est dingue. J'en chie, mec. Rien de ce que Sully m'a dit ne m'a préparé à vivre ces conneries. Je suis heureux que tu aies réussi l'Initiation, ajoutai-je en le regardant. Félicitations. J'espère pouvoir faire pareil.

Il a ri.

– Tu n'es qu'au début. Crois-moi, c'est de plus en plus glauque.

– Mais tu as réussi, alors c'est cool.

– Je ne sais pas comment j'ai fait. J'ai failli abandonner plusieurs fois. Franchement, je dois beaucoup à Fallon. Cette fille m'a empêché de devenir fou.

– T'as tellement de chance d'avoir eu une belle que tu

connaissais déjà. Être enfermé avec une parfaite inconnue est bizarre. C'est comme la pire blind date de l'histoire, vingt-quatre heures sur vingt-quatre. Je trouve ça plus dur que les Épreuves en elles-mêmes.

– Comment tu t'entends avec ta belle ?

Rafe avait assez à faire de son côté. Il n'avait pas besoin que je déverse mes problèmes sur lui. Et je n'étais pas encore prêt à parler de la grossesse à quelqu'un. Je n'y croyais toujours pas... J'étais en état de choc. Pour l'instant, je préférais garder le secret sur la belle et le bébé.

– Pas mal... pas comme toi et Fallon, mais ça va. C'est un bon coup et un beau cul, alors je suppose que je dois m'estimer heureux. Mais quand ces cent neuf jours seront terminés, je la quitterai sans regret.

C'était peut-être un mensonge... d'accord... je mentais. Mais ça faisait du bien de le dire. Ne serait-ce pas génial si tout était aussi simple ? Si je pouvais éliminer ce cauchemar de ma vie et continuer comme prévu ? Mais la réalité, c'est que rien ne serait plus comme avant.

Rafe a ri et m'a tapé sur l'omoplate.

– Tu peux te raconter tout ce que tu veux. Il est impossible que tu partes de cet endroit, après avoir vécu ces expériences, sans avoir noué une forme de complicité avec elle. Impossible. Cette fille va t'embrouiller l'esprit et le cœur. Tu ne peux pas lutter contre ça.

– Ta situation est différente, dis-je. Mais je suis heureux pour toi. Espérons que le reste de la bande réussira l'Initiation et ne fera pas comme Sully.

– Tu peux y arriver, m'encouragea Rafe en tournant les talons pour quitter le cimetière. Je dois y aller. Fallon m'attend.

Je l'ai accompagné, évitant de regarder l'imposant manoir devant nous. Il évoquait un lieu que Stephen King aurait pu décrire dans un de ses romans d'horreur. Prendre l'air et m'éloigner de cet endroit un moment, même court, m'a permis de me sentir à nouveau normal. Humain.

– Tu veux un conseil ? demanda Rafe tandis que nous descendions la colline.

– Oui. Je prends tout ce qui pourra m'aider à supporter ce merdier.

– Ne sois pas salaud, dit-il en me tapotant le dos en souriant. Je te connais. Tu n'aimes pas les histoires senti-mentales. Tu préfères être seul. Et tu peux être un gros con parfois. Je te le dis avec amitié, mais être salaud ne va pas t'aider ici, ni ta belle. Alors, ne joue pas au con.

J'ai souri et je l'ai poussé amicalement.

– J'ai compris. Ne pas être salaud.

Alors que nous nous rapprochions du manoir, j'ai posé la question qui me taraudait depuis que j'avais quitté la chambre.

– Pourquoi on fait ça ? Je veux dire... pourquoi on se plie au jeu ? Pourquoi l'Ordre est-il si important ?

– Malice héréditaire, dit simplement Rafe. C'est dans nos gènes. Pas le choix.

Comme ses paroles étaient vraies.

Et pourtant, le mot héritage... Il m'a fait penser à l'enfant qu'Abilene prétendait être le mien, qui poussait dans son ventre. Une pensée que j'ai rapidement chassée.

Nous nous sommes séparés, et je suis remonté dans la chambre. Ce n'était pas sympa de laisser Abilene enfermée seule, alors que je pouvais voir le soleil et respirer de l'air non toxique. Je devrais lui proposer aussi.

Quand je suis entrée, elle faisait les cent pas, visiblement agitée. Elle a pivoté vers moi et avant même que je puisse parler, elle m'a attaqué.

– Bon, on ne peut pas simplement ignorer les faits. On doit absolument en discuter.

– D'accord, dis-je pointant l'index vers ses pieds. Allons faire un tour. Il ne fait pas trop chaud, et je pense que ça nous fera du bien à tous les deux.

Nous sommes sortis en silence des Oléandres, et les paroles de Rafe ont résonné dans mes oreilles.

– Excuse-moi d'avoir été salaud hier soir. J'ai honte de ma réaction en apprenant ta grossesse. Je suis désolé.

Elle a inspiré profondément tandis que nous nous engagions dans l'allée bordée de chênes qui offrait un ombrage pour atténuer la chaleur estivale.

– Je sais que ça t'a fait un choc. Mais je te jure que je ne mens pas. Ce bébé est de toi.

– Je te crois.

Et c'était la vérité. Je ne savais pas pourquoi, mais mon instinct me disait qu'elle ne mentait pas au sujet de la paternité. Il serait si facile de prouver que ce n'était pas le mien, et elle ne serait pas assez stupide pour me le faire croire si ce n'était pas vrai. Mais mon instinct me disait aussi que je ne connaissais pas toute l'histoire. Elle cachait encore quelque chose.

– Mais je crois aussi que ce n'est pas toute la vérité, alors c'est le moment de tout me dire.

Elle a fait une courte pause avant de reprendre la balade.

– Je n'ai pas eu une vie facile, commença-t-elle. Pour survivre, j'ai fait des trucs dont je ne suis pas fière. J'ai arnaqué et trompé beaucoup de gens. J'ai volé et…

– Tomber enceinte faisait partie d'une arnaque ? l'interrompis-je.

Ce ne serait pas la première fille à piéger un homme riche en se faisant engrosser. J'ai jugé la question légitime.

M'a-t-elle pris pour un pigeon en me voyant ivre mort dans un bar, dans un costume hors de prix ?

– Non, répondit-elle doucement. La grossesse n'était pas prévue. Je n'aurais pas eu de rapports sexuels non protégés, tout comme toi. Je sais que ça peut être difficile à croire...

– Je te crois, affirmai-je à nouveau, car je voulais qu'elle le comprenne. Mais on doit discuter de ce qui va se passer à partir de maintenant. Il y a une autre vie que la nôtre qui est en jeu.

– J'en ai bien conscience.

Elle a posé la main sur son estomac et, pour la première fois, j'ai regardé son ventre et j'ai vraiment réalisé qu'il y avait un être vivant à l'intérieur. Un être vivant que j'avais contribué à créer. J'ai laissé la pensée infuser en moi. Je l'ai laissée s'installer.

Puis le besoin impérieux d'agir d'une façon ou d'une autre pour faire les choses « bien » à partir de maintenant m'a presque coupé le souffle.

– D'abord, il faut que tu ailles voir un médecin. Je vais demander à Mme H de t'en trouver un dès que possible. Et ensuite, il faut que tu prennes ces vitamines spéciales que les femmes enceintes sont censées prendre tous les jours. (J'ai regardé son ventre à nouveau.) Je veux que le bébé soit en bonne santé. Puis on doit acheter des livres sur la maternité. Oh, et des pantalons de grossesse. Je vais commander les vêtements dont tu auras besoin, dis-je tandis qu'une liste des choses à faire s'inscrivait dans ma tête à toute allure. Je peux peut-être faire venir un prof de yoga pour femmes enceintes, et pourquoi pas un expert en allaitement ? Et doit-on déjà choisir entre une sage-femme ou un médecin généraliste ?

Abilene a ri.

– Oh là, doucement, dit-elle en s'arrêtant pour me regarder. Je comprends que tu veuilles essayer de prendre la situation en main, mais tu vas trop vite. On doit se concentrer sur le présent. Toutes les autres choses que tu as mentionnées... eh bien, on verra plus tard. On doit se concentrer sur les Épreuves pour l'instant.

C'était un excellent argument.

– Si les Anciens découvrent que tu es enceinte, ils vont nous disqualifier, dis-je en me remettant à marcher, plus lentement. Et ils auraient peut-être raison de le faire. Il n'est sans doute pas prudent de te laisser continuer.

– Je ne pense pas que participer à des orgies peut blesser le bébé.

– C'est plus que du sexe, et tu le sais.

– Rien de ce qu'on a fait jusqu'à présent n'a mis la vie du bébé en danger, sinon j'aurais refusé. Je n'ai même pas bu le champagne, si tu te souviens bien, fit-elle remarquer. En plus... on a tous les deux besoin de réussir toutes les Épreuves. Tu le sais autant que moi.

– C'est vrai. Je dois reprendre l'affaire familiale. Encore plus maintenant que j'ai une famille à charge.

Le soleil commençait à chauffer et mon dos collant de sueur m'indiquait que nous devions retourner au frais à l'intérieur du manoir.

– Rentrons. Il fait trop chaud dehors.

– Je ne suis pas fragile, tu sais. Juste enceinte.

Mais elle a fait demi-tour pour retourner au manoir.

– Je sais bien, mais on doit penser au bien-être du bébé. Et tu as raison de dire qu'on doit continuer les Épreuves... pour le moment. Mais je préfère te prévenir dès maintenant que si une Épreuve présente un quelconque danger pour toi ou le bébé, j'arrêterai tout immédiatement.

– Compris, murmura-t-elle.

– Et je veux que tu prennes ces vitamines, et qu'on se

procure les livres sur la maternité. On doit préparer l'accouchement aussi. Oh, et ces cours où on apprend à respirer et
tout ça ? On doit se renseigner.

Je devais retourner dans la chambre pour tout noter.

Abilene a pouffé.

– Dieu me garde d'apprendre comment il faut respirer.

CHAPITRE 13

Abilene

Voilà, Beau savait pour le bébé. Mon grand méchant secret était éventé. Et tout était... bien. Qui finit bien ?

J'aurais dû me douter qu'il ne prendrait pas les choses à la légère et qu'il planifierait tout à mort. Il a parlé du financement des *études universitaires* du bébé après le petit déjeuner ce matin.

Le petit n'était même pas né, et il pensait déjà au choix de l'université ! Seigneur, je ne pouvais même pas voir que le bout de la semaine.

Mais c'était l'énergie de Beau, prêt à prendre d'assaut la forteresse, à tout planifier, de l'école maternelle du bébé à son cursus universitaire, et j'étais juste... juste...

J'étais dépassée. Et un peu terrifiée que Beau agisse exactement comme je le redoutais. Il faisait tous ces plans sur la comète sans me consulter pour savoir si c'était ce que je voulais pour mon enfant.

Beau était un bulldozer dans un magasin de porcelaine, et je craignais de devoir batailler constamment pour tenir une place dans la vie de *mon* enfant. Il était le genre d'homme à prendre les choses en main et à s'occuper de *tout*.

Il me semblait plus important que jamais de remporter les Épreuves et *d'exiger* ma place dans la vie de mon propre enfant, aussi ridicule que cela puisse paraître.

Même si Beau disait toujours *notre* bébé ou l'éducation de *notre* enfant, tout me semblait encore plus... incertain depuis ma révélation.

C'est pourquoi ça ne m'a pas dérangée qu'une invitation à une nouvelle Épreuve arrive pour ce soir. Beau a immédiatement paniqué à propos de ce qu'on pourrait nous demander, surtout qu'il n'y avait rien de révélateur dans la boîte : elle était vide. Autrement dit, j'étais censée me présenter nue. Quelle horreur !

Mais franchement, j'étais prête à montrer à Beau qu'il ne devait pas me traiter comme si j'étais en porcelaine. Oui, c'était plutôt mignon sa façon de vérifier si j'étais suffisamment couverte la nuit et si je prenais les vitamines que Mme H m'avait fait passer en douce, et de me mettre un gant humide sur la tête quand j'étais malade le matin. Personne ne s'était jamais occupé de moi comme ça, en fait.

Puis je me rappelais que c'était parce que je portais son enfant. Il ne s'agissait pas de moi. Tant mieux. Vraiment.

Et tous les livres que j'avais lus avant de venir ici disaient que je pouvais avoir des rapports sexuels normaux à intenses sans aucun danger. Les femmes enceintes n'étaient pas malades ni invalides, pour l'amour du ciel. Et ce soir, j'allais le prouver à Beau.

Parce qu'il y a une chose qui n'était pas écrite dans les livres. J'étais excitée comme une malade. Du genre, prête à violer Beau dans son sommeil pour m'envoyer au septième ciel.

Mais devinez ce que Monsieur Soudain Surprotecteur n'avait tout à coup plus envie de faire ?

Exactement ça, *ding ding ding ding ding*. Il ne m'avait pas *touchée* de façon sexuelle depuis qu'il avait appris ma grossesse. Mme H n'avait pas aidé en débarquant au milieu de nos ébats *sacrément bons* lors de la dernière Épreuve. J'aurais pu lui tordre le cou. Les fessées n'allaient pas faire de mal au bébé. Ni le fait qu'il me baise bestialement comme j'aimais être prise par lui.

Alors passer de cette sensualité animale à... *rien*. Seigneur, je me languissais de son corps, surtout avec une libido en surrégime comme jamais auparavant.

J'espérais que l'Épreuve de ce soir exigerait qu'il me baise à fond. Et plusieurs fois, s'il vous plaît. Mon Dieu, faites que oui !

J'ai perçu à l'expression rageuse de Beau, qui revêtait son smoking amidonné et alors que je me déshabillais entièrement, qu'il ne ressentait pas exactement la même excitation pour l'Épreuve de ce soir.

– Détends-toi, dis-je en dégrafant tranquillement mon soutif et libérant mes seins sous son nez. Tout va bien se passer. On descend, on baise, on remonte. Ne me dis pas que tu as le trac tout à coup.

Comme prévu, ses yeux ont été happés par mes seins avant qu'il me regarde, sourcils froncés.

– Tu dois prendre ton état plus au sérieux.

J'ai ri en gonflant mes cheveux.

– Oh, je le prends très au sérieux, dis-je en me tournant vers la porte. J'ai *sérieusement* besoin de me faire tringler, ajoutai-je à voix basse.

Puis, la seconde d'après, Beau s'est collé contre mon dos, une main chaude posée sur ma taille, et il m'a parlé dans l'oreille, son souffle me chatouillant le tympan.

– Je suis sérieux, Abilene. Sois prudente ce soir. Ne provoque pas les Anciens. Fais exactement ce qu'ils te demandent et rien d'autre. (Sa main est remontée de ma hanche nue à mon ventre.) Et si c'est trop pour toi, dis le mot magique, et on arrête tout.

Je me suis retournée vivement vers lui, mes seins nus brossant sa veste de smoking en raison de notre proximité. J'en ai frissonné de plaisir, et j'ai lutté pour rester concentrée.

– Que ce soit clair entre nous sur un point, dis-je. Il est hors de question que j'abandonne. J'ai besoin de savoir que tu seras là pour me soutenir et non pour me lâcher. J'ai besoin que tu me fasses confiance sans jouer les machos protecteurs ou alors je divulguerai notre secret et on sera tous les deux disqualifiés. Peu importe ce qui se passe, garde tes pensées pour toi. Tu dois savoir que je ne ferais jamais rien de dangereux pour le bébé. Tu peux me faire confiance ?

Sa mâchoire s'est tendue et il a eu l'air de vouloir rétorquer. Je savais qu'il accordait plus de prix à garder le contrôle de la situation qu'à tout le reste, aussi je tenais absolument à ce qu'il me donne un « oui ».

– Oui, dit-il.

Il a pris mon bras et nous sommes descendus vers le hall. Je ne pense pas qu'il s'agissait d'un geste galant, mais plutôt d'un besoin de s'accrocher à moi et à la dernière parcelle de son contrôle avant que nous ne soyons soumis aux diktats des Anciens.

Aucune musique ne s'élevait de la salle de bal et j'ai fait comme si ce silence n'était pas un mauvais présage.

Donc pas d'ambiance festive/orgiaque ce soir...

En entrant dans la salle de bal blanche, j'ai immédiatement senti Beau se raidir. Tous les Anciens étaient présents, avec leurs toges argentées et leurs sinistres cannes en bois, mais il n'y avait pas les habituelles femmes nues autour d'eux pour assouvir leurs désirs variés.

Non, il y avait simplement ce soir deux postes au centre de la pièce.

Une chaise avec une petite table où un homme installait ce qui semblait être... du matériel de *tatouage* ?

C'est l'autre mobilier qui m'a fait écarquiller les yeux.

On aurait dit un poste d'examen gynécologique, mais tout en cuir. Avec des étriers destinés à m'écarter les jambes à un angle obscène étant donné ma nudité. Aucune partie de moi ne serait cachée à la vue.

Surtout quand j'ai remarqué que les étriers étaient équipés de sangles. Je serais attachée à ce bidule, les jambes écartelées.

Beau s'est avancé en fusillant les Anciens du regard.

– Ce n'est pas une soirée avec collier blanc. Aucune bite ne va dans ma belle à part la mienne, déclara-t-il fermement.

L'un des Anciens s'est approché. J'ai blêmi en voyant que c'était l'homme qui m'avait ordonné brutalement de lui masser la prostate lors de la dernière Épreuve et qui n'avait pas apprécié mon incompétence. Mais sérieusement, qui a suffisamment d'expérience pour enfoncer ses doigts dans le cul d'un mec et trouver sa prostate du premier coup ? Pas moi, manifestement.

– Tu es un initié, proclama l'homme. Tu n'as pas d'exigences à avoir. Mais l'Épreuve de ce soir consiste à marquer l'appartenance de la belle à l'Ordre. Tu seras également marqué, comme le veut la tradition.

Beau est devenu soudain si rouge que j'ai cru qu'il allait s'éclater un vaisseau sanguin. Je n'étais pas la seule à le penser visiblement, car un autre homme s'est avancé, bien plus jeune que les autres. Je me suis alors souvenue que Beau m'avait parlé de lui ; c'était son ami, Montgomery.

– Et tout en perpétuant les traditions, nous devons adapter certaines méthodes anciennes aux sensibilités d'aujourd'hui, intervint Montgomery en croisant le regard de Beau avant de s'adresser aux Anciens et de lever un fouet. C'est pourquoi ceux qui le veulent peuvent prendre plaisir à fouetter la belle sur l'intérieur de ses cuisses avant de procéder au piercing.

Oh merde. Fouetter ? Piercing ?

Si je trouvais Beau tendu avant, ce n'était rien au regard du pilier de béton qui se tenait maintenant à mes côtés.

Mais je n'ai pas eu le temps de trop réfléchir, parce que les Anciens sont arrivés, ont saisi Beau par les épaules et l'ont éloigné de moi pour le diriger vers le poste de tatouage.

De la même façon, des Anciens m'ont poussée vers le fauteuil médical avec étriers.

Beau s'est dévissé le cou pour me voir. Nos regards se sont croisés et je l'ai vu dans ses yeux. Il était à deux doigts de tout annuler. D'annoncer que j'étais enceinte et de ruiner nos chances.

Je lui ai lancé un regard noir en secouant la tête. Je pouvais supporter l'épreuve. Je *devais* la supporter. Ma parole, j'allais le faire.

Malgré ma détermination et mon entêtement, je ne pouvais pas nier que mes membres tremblaient quand je suis montée sur le drôle de meuble.

Des mains inconnues me touchaient, me caressaient les jambes en les soulevant pour placer mes pieds dans les étriers. Puis elles ont serré les sangles de cuir autour de mes mollets et mes tibias. Un pelotage de seins ici et des doigts remontant le long de l'intérieur de mes cuisses là.

Mais ils ont tenu parole et aucun n'a débouclé sa ceinture ou s'est approché de moi la queue à l'air.

J'ai expiré à fond le souffle que je retenais sans le savoir.

Tu peux le faire, me suis-je encouragée. *Sans problème. Tu vas y arriver.*

Puis les cannes ont martelé le sol, produisant l'un des sons les plus terrifiants au monde, qui résonnait dans l'immense salle de bal vide.

J'avais l'impression d'être un sacrifice rituel en offrande aux dieux, exposée et écartée comme je l'étais, attachée et totalement vulnérable.

J'ai entendu le ronflement de la machine à tatouer lorsqu'elle a démarré et mes yeux se sont tournés vers Beau. Ils avaient installé les deux stations de sorte que nous ayons une vue parfaite sur l'autre. C'était probablement le but, j'imagine. Pour que chacun de nous puisse voir l'autre pendant qu'il endure... les souffrances qu'ils avaient prévues pour nous.

Je regardais Beau quand le premier coup est tombé.

Le claquement du fouet en cuir contre l'intérieur de ma cuisse m'a fait glapir et me redresser dans la limite de mes possibilités. Qui étaient limitées car ils m'avaient aussi sanglé le torse.

– C'est joli, ça donne à la peau une belle teinte rose, commenta l'Ancien en imprimant à coup de lanières un motif en forme de X sur mes cuisses.

Puis il a passé le fouet au suivant. Celui-ci ne m'a pas frappée, mais a plutôt massé mes cuisses désormais zébrées. Et avant que j'aie le temps de récupérer des cinglements répétés, il s'est penché pour pincer la chair de l'intérieur de ma cuisse, à quelques centimètres *à peine* de mon sexe.

Les deux hommes suivants se sont appliqués à manier le

fouet, et j'ai anticipé chaque coup, l'intérieur des cuisses en feu.

Je tremblais de sensations et de douleur, et lorsque j'ai levé la tête, des larmes involontaires coulant sur mes joues, j'ai vu Beau qui me regardait. Ils lui immobilisaient le poignet tandis que l'homme le tatouait, mais Beau semblait prêt à bondir du siège pour venir m'arracher au mien.

J'ai secoué la tête pour lui dire non et fermé les yeux, me renfonçant dans le cuir en essayant de me détendre.

L'homme suivant n'était pas un adepte du fouet. Il s'est contenté de frotter ses mains calleuses sur mes cuisses endolories qui tremblaient de manière incontrôlable. Il les a écartées davantage, m'écartelant littéralement.

– Quelle jolie chatte rose, dit-il. Regardez-moi cette couleur, rose foufoune. C'est ça. Ouvre-la bien. Plus grand. Allez.

Il a tiré sur la peau de mes cuisses et effectivement, j'ai senti mon sexe s'ouvrir en grand à la vue de tous les hommes présents.

Des murmures se sont élevés dans la salle.

– Fais-lui un beau clito bien gonflé pour le piercing, Brian, dit le premier Ancien.

Oh merde, c'était mon clito qu'ils allaient percer ? Ça semblait évident maintenant, au regard de ma position.

L'homme entre mes jambes, Brian, je suppose, n'était que trop heureux d'accéder à cette requête. Il n'était pas laid. La quarantaine peut-être. Une lueur d'excitation est apparue dans ses yeux alors qu'il suçait son index, puis il a placé ses doigts sur mon sexe.

J'ai tressailli à ce contact et je n'ai pas pu m'empêcher de chercher Beau du regard. La veine de son cou s'est gonflée quand l'homme a commencé à me tapoter, caresser la vulve et finalement à localiser mon clito.

J'ai ravalé des larmes d'émotions lorsque son doigt a tracé des cercles autour du bourgeon, puis un homme est venu le remplacer et j'ai senti une autre main sur mon sexe.

Quelqu'un a versé du lubrifiant sur ma peau et ensuite il y avait plusieurs mains, plusieurs hommes. Ils m'écartaient la chatte, m'étirant les chairs. Me frictionnaient.

Et mince, je n'étais qu'un être humain. Mon corps a réagi. J'étais sur le fil du rasoir, mes hormones chargées à bloc.

Ma chatte s'est adoucie, échauffée et détendue sous leurs attouchements. Mon clito a grossi et bandé.

De temps en temps, une flagellation à l'intérieur de mes cuisses provoquait une vive douleur pour briser le mélange confus de plaisir et de sensations qui faisait trembler tout mon corps.

Puis les mains revenaient, de grandes mains masculines, qui me sondaient et m'écartaient, me caressaient, me tapotaient et m'excitaient jusqu'à ce que je ne puisse plus le supporter.

J'ai gardé les yeux rivés sur Beau, soumise à la torture du plaisir, avec l'impression de le trahir. Ce n'était pas ce que je voulais ce soir. Je voulais *sa* queue. *Ses* mains.

Et au lieu de cela, je me faisais caresser, frictionner, branler et oh mon Dieu, oh mon Dieu...

– Jouis, s'écria Beau. Putain, jouis pour moi, ma belle. Crie mon nom en prenant ton pied.

À la seconde où il a donné sa permission, j'ai hurlé, et mon torse s'est arqué autant qu'il le pouvait avec les liens. L'orgasme qui était monté pendant les vingt dernières minutes m'a ravagé le corps.

Il y avait des mains partout sur moi. J'ai fermé les yeux et imaginé que c'était les mains de Beau. Ses mains qui me caressaient, me touchaient dans les endroits les plus intimes, me taquinaient l'anus en m'ordonnant crûment de *jouir*.

– Beau ! hurlai-je en jouissant.

Oh putain, c'était bon. Quelqu'un m'a doigté le cul en même temps et je me suis tortillé sur son majeur, me déhanchant sans vergogne tandis que d'autres mains s'activaient sur ma moule et mon clitoris.

Et puis, ils ont libéré Beau, qui s'est précipité vers moi en baissant son pantalon.

Oh merci, merci mon Dieu. J'ai pleuré de soulagement.

Les autres hommes se sont dispersés alors qu'il ne perdait pas de temps pour s'insérer entre mes jambes grotesquement écartées, saisir mes cuisses flagellées encore brûlantes d'une poigne impitoyable et s'enfoncer loin en moi.

J'ai crié en balançant le bassin vers lui au maximum, mais il m'a retenue et placé les mains sur mes hanches. Il me maintenait fermement pour pouvoir me baiser comme il l'entendait, plongeant vers moi des yeux sombres et menaçants qui brûlaient d'un désir dangereux.

Mais pour la première depuis qu'il avait appris la grossesse, putain merci, il n'était pas tendre avec moi.

J'ai joui presque instantanément, chauffée à blanc par le supplice des doigts sur mon clito.

Je me suis contractée autour de sa queue en convulsant, tandis qu'il s'enfonçait en moi en grognant, les yeux dans les miens. Puis il s'est retiré et enfoncé si violemment que le foutu fauteuil d'examen a reculé sous la force de sa poussée.

Il a joui en rugissant. Un dernier spasme m'a secouée quand j'ai accueilli son foutre dans mon antre.

– Et maintenant, nous allons la marquer comme une possession de l'Ordre, s'éleva une voix derrière Beau.

Il a serré les dents et pendant une seconde, j'ai cru qu'il

allait cracher son refus. Mais il ne l'a pas fait. Il s'est retiré, entraînant une coulée de sperme dans son mouvement. Je me suis arquée, son poids me manquant à la seconde où il était parti.

Mais avant que je puisse agir ou penser, l'homme qui avait tatoué Beau s'est avancé.

J'ai cligné des yeux et reposé ma tête en arrière, pas certaine de pouvoir regarder cette partie du supplice. Je ne m'étais fait percer que les oreilles, quand j'avais quatorze ans, et Tina avait eu la bonne idée de le faire avec des glaçons et une aiguille. J'avais douillé, mais nous étions allées jusqu'au bout quand même.

Je me suis donc blindée contre la douleur, choquée une fois de plus par les attouchements intimes de mains inconnues. Mais elles étaient gantées cette fois, c'était un geste clinique. N'empêche, mon clito était énorme et gonflé et chaque contact sur ce bourgeon sensible me faisait frissonner.

Il a nettoyé la zone et, bien avant que je ne sois prête, j'ai senti la douleur m'électriser quand il m'a transpercé les chairs.

J'ai hurlé comme un goret, la douleur du fouet étant de la gnognotte comparée au piercing.

Puis l'homme s'est éloigné et j'ai baissé les yeux, reprenant mon souffle à grand-peine tellement je respirais fort.

Un petit anneau orné d'un diamant scintillait sur mon clitoris.

Sans aucun doute un diamant Radcliffe.

Marquée à nouveau comme *sa* possession.

CHAPITRE 14

Beau

– T'es sûre que ça va ? demandai-je en la berçant dans mes bras, alors que je l'emportais dans la chambre.

– Je t'ai dit que je vais bien. Le bébé va bien.

– On n'en sait rien, dis-je furieux d'avoir laissé ces enfoirés lui cingler les cuisses et lui percer le clito, merde !

Et qu'ai-je fait ? Je l'ai baisée. Je n'ai pas pu m'en empêcher. Je devais être en elle. Je devais la posséder. Mais le bébé...

– Je le sais, me rassura-t-elle en resserrant ses bras autour de mon cou alors que j'ouvrais la porte de la chambre. Le bébé va parfaitement bien.

Quand je l'ai posée sur le lit, j'ai pointé un doigt vers elle et je lui ai ordonné de ne pas bouger.

– Je reviens tout de suite.

Je me suis précipité dans la salle de bain et j'ai passé un gant de toilette sous l'eau chaude. Puis j'ai couru jusqu'au lit où, heureusement, Abilene m'avait écouté et était allongée, la tête sur les oreillers. Elle souriait amusée et a secoué la tête quand je me suis approché.

– Je vais bien, vraiment.

– Écarte les jambes, ordonnai-je, non convaincu par sa réponse.

Je voulais m'assurer qu'elle n'avait pas de lésions cutanées sur les cuisses, pas d'ecchymoses, et que ces vieilles bites molles n'avaient pas eu la main trop lourde sur le fouet.

Elle a obtempéré en soupirant et m'a laissé passer le gant sur la peau rouge et enflammée de l'intérieur de ses cuisses. J'ai essayé de ne pas être obnubilé par son clito orné d'un diamant, et je me suis surtout efforcé de ne pas prêter attention au fait que ma bite durcissait à nouveau. Quelque chose chez cette fille me transformait en un animal avec des pulsions primaires et un désir presque féroce de faire fi de la prudence et de la raison pour me retrouver enfoncé jusqu'aux couilles dans sa chatte.

Sa grossesse en était la preuve même.

On a toqué à la porte et Mme H est entrée.

– J'apporte une pommade spéciale pour le piercing, dit-elle. C'est un endroit qui ne doit pas s'infecter.

– Il dégage à la minute où on quitte cet endroit, dis-je sans cesser de passer le gant sur chaque brûlure du fouet.

– Hé, protesta Abilene en relevant la tête pour me foudroyer du regard. Je pourrais vouloir le garder. Je pourrais aimer ce piercing.

– Il dégage, répétai-je, très sérieux.

– Oh, doucement, intervint Mme H désireuse d'étouffer dans l'œuf la dispute imminente. Inutile d'en discuter maintenant. Concentrons-nous sur ce qui nous attend, dit-elle en tendant le pot de pommade à Abilene. Applique-la deux fois par jour. Et toi, mon garçon, ça ne te fera pas de mal d'en mettre sur ton tatouage pendant quelques jours. Couvre-le d'un linge humide pour qu'il ne fasse pas de croûtes.

– C'est quoi ton tatouage au fait ? demanda Abilene. Je n'ai pas eu le temps de le voir.

– Deux sabres croisés, marmonnai-je, sans vraiment voir l'intérêt.

J'ai grandi en sachant que j'aurais un jour ce tatouage, ce qui a enlevé tout effet de surprise. Néanmoins, j'étais très reconnaissant aux Anciens d'avoir modifié la tradition selon laquelle la belle devait aussi recevoir la marque des sabres, car on leur *marquait* la peau au fer rouge avant. Je n'aurais pas permis à un bourreau de s'approcher d'Abilene avec un tisonnier brûlant.

– Je veux que vous fassiez venir un médecin demain, dis-je après avoir nettoyé ses plaies. Je veux entendre le cœur du bébé. Je veux être sûr que tout va bien, et que le bébé ne court aucun danger.

– Ce n'est pas aussi simple, répondit Mme H. J'y travaille depuis que tu m'en as fait la requête. On ne peut pas faire appel au médecin des Oléandres, car il le dirait aux Anciens. Nom d'un petit bonhomme... je ne peux pas contacter de médecin dans un rayon de cent cinquante kilomètres autour du comté de Darlington parce que ça arrivera aux oreilles des Anciens. J'essaie de trouver quelqu'un suffisamment éloigné des membres de l'Ordre et ce n'est pas une tâche facile.

– Faites intervenir Montgomery ou même son père au besoin. J'ai confiance en leur discrétion.

Mme H a opiné.

– Je vais trouver quelqu'un. Mais en attendant, tu dois te rassurer, car tout va bien. Abilene est en parfaite santé, elle n'a pas de saignements ni de crampes, et les femmes vivent normalement pendant leur grossesse sans aucun problème. Elle n'a pas besoin d'être dorlotée.

– Vous savez que je vous entends, dit-elle en agitant la main vers nous. Vous parlez comme si je n'étais pas allongée dans ce lit... toute nue... en plus. Je peux avoir des fringues, s'il vous plaît ?

Elle s'est redressée pour sortir du lit, mais j'ai posé la main sur sa jambe et lui ai lancé un regard d'avertissement qui a suffi à l'inciter à se rallonger.

J'ai rapidement sorti un débardeur et un short de la commode, sa tenue habituelle pour dormir.

– Bon, vous avez beaucoup de choses à faire, dit Mme H. Et je veux que vous sachiez que votre secret est bien gardé avec moi. Mais je dois aussi vous prévenir que les Anciens ont le don de savoir tout ce qui se passe dans ce manoir. Aux Oléandres, les murs ont des oreilles.

– On sera prudents, dis-je en aidant Abilene à s'habiller, que ça lui plaise ou non.

– Ils ne laisseront pas Abilene continuer s'ils l'apprennent, rappela Mme H.

– On le sait, dis-je.

Abilene m'a frappé les mains quand j'ai voulu lui mettre son short.

– Je peux le faire toute seule, râla-t-elle. Bon sang, je ne suis pas invalide.

Mme H a gloussé.

– Ma fille, tu ferais mieux de t'y habituer. Je connais Beau et quand ce garçon a une idée fixe, il ne lâche pas. Et je vois que son laser est braqué sur toi.

J'ai préféré ignorer le soupir agacé d'Abilene et je me suis adressé à Mme H.

– Je veux qu'on discute des menus. Sans entrer dans les détails, j'ai lu des articles sur certains aliments riches en vitamines bénéfiques pour le bébé. Et je m'inquiète un peu du fait qu'Abilene ne maintienne pas son poids de forme. Il est dit dans le livre qu'une femme doit prendre...

— On ne va pas discuter de mon poids ! s'insurgea Abilene.

— Tu es trop maigre, dis-je en lui lançant un regard d'avertissement. Et calme-toi. Le stress n'est pas bon pour le bébé.

Elle a inspiré à fond.

— Primo, je ne suis pas maigre. Et je ne vais pas prendre des kilos alors que je dois être à poil devant tout le monde pour les Épreuves. Deuzio, ce n'est pas *moi* qui ai besoin de me calmer. Tu montes tellement vite dans les tours en ce moment que je m'attends à tout moment à voir ta tête exploser.

Au lieu de me disputer avec elle, j'ai redirigé mon attention vers Mme H.

— Vous pouvez me rendre un service ? Je veux tout sécuriser chez moi pour le bébé. Je ne sais même pas par où commencer ni qui appeler pour ça. Est-ce que vous pouvez m'aider ?

— Beau ! dit Abilene en se penchant en avant pour me prendre l'avant-bras. J'ai compris que tu es un malade de la planification et j'apprécie que tu te soucies à ce point du bébé. Mais tu commences vraiment à me foutre les jetons.

Mme H m'a tapoté le dos.

— Je suis d'accord avec elle. Tu dois te détendre. Ce n'est pas bon pour toi, pour Abilene et pour le bébé de t'angoisser comme ça. Ne t'inquiète pas. Je vais trouver un médecin. Je vais aussi t'aider à sécuriser ta maison si ça peut t'apaiser. Mais pour le moment, tu dois te concentrer sur la fin de l'Initiation. Vous devez tous les deux ne penser qu'à ce qui vous attend. Tu veux que j'aille te chercher quelque chose ? demanda-t-elle en regardant Abilene.

Elle a secoué la tête.

– Non, je vous remercie. Je crois que j'ai tout ce qu'il faut ici, dit-elle en me fixant.

Mme H m'a encore tapoté le dos en pouffant, puis elle nous a laissés.

J'ai cherché le regard d'Abilene, puis j'ai durci mon expression.

– Je veux que tu sois honnête avec moi. Est-ce que tu penses vraiment que le bébé va bien ? Ce n'est pas le moment d'être dure ou d'essayer de me *ménager*. Je veux la vérité.

Elle s'est assise et m'a pris la main.

– Je ne laisserai jamais rien de mal arriver à notre enfant. Tu dois me croire sur ce point. Il va bien. Je te le promets.

Satisfait de sa réponse et réconforté par la façon apaisante dont elle m'a fait comprendre que je devais me calmer, je me suis levé et j'ai tiré les couvertures pour la border.

– C'était une soirée éprouvante. Tu as besoin de te reposer.

– Attends, dit-elle sans me lâcher la main. Tu peux... te coucher avec moi ? J'ai vraiment envie que... (elle a dégluti, tourné la tête, puis m'a regardé de nouveau.) Tu peux me tenir dans tes bras jusqu'à ce que je m'endorme ? S'il te plaît ?

Je ne pense pas m'être jamais déshabillé et couché aussi vite. J'avais besoin de la serrer dans mes bras et j'étais heureux qu'elle le veuille aussi. Je ne voulais pas forcer les choses, mais je ne pouvais pas m'en empêcher. Et j'avais besoin de la tenir contre moi.

Et en la prenant dans mes bras et en posant la main sur son ventre... j'ai réalisé que j'avais aussi besoin de tenir le bébé. C'était vraiment en train d'arriver. J'allais être papa.

Abilene s'est pressée contre moi en parfaite position de cuillère.

– Tout va bien se passer, dit-elle doucement. On est tellement près de la fin. Je suis sûre qu'il nous reste deux ou trois épreuves à passer, puis tout sera terminé. On pourra partir d'ici avec tout ce qu'on a toujours voulu.

J'ai pris une profonde inspiration et j'ai respiré le parfum floral de ses cheveux. Ma bite était dure parce qu'elle était mue par sa propre volonté, mais je n'avais pas vraiment envie de la baiser. Je voulais juste la tenir, tenir mon bébé, et ne faire qu'un.

– Beau ? demanda-t-elle en bâillant.

– Oui ?

J'ai embrassé ses cheveux et l'ai serrée plus fort contre moi. J'avais un besoin impérieux de la protéger et je ne voulais pas qu'elle s'éloigne de moi d'un pouce.

– Ma vie est une longue succession de mensonges. Je veux que ça change. Je ne veux plus mentir. Je ne veux pas que ce bébé ait à se battre pour survivre. Je veux tellement plus pour lui.

Je l'ai embrassée à nouveau.

– Je sais. Ne t'inquiète pas. Je te crois pour le bébé. Et il ou elle aura la belle vie. N'en doute jamais. On n'a plus besoin d'en discuter.

– Je sais que tu dis ça, et que tu penses que tu...

– Chut. Tu as besoin de dormir. On en a tous les deux besoin. On a assez parlé pour ce soir. Dors.

Elle a poussé un soupir et posé sa paume sur ma main qui recouvrait son ventre.

Plus de parlote.

Juste nous. Juste nous trois.

CHAPITRE 15

Abilene

Nous avons pris un rythme de croisière au cours des semaines suivantes. Beau travaillait et je lisais ou regardais des vieux films sur la télévision que Mme H m'avait dégotée à la demande de Beau. J'adorais le glamour des débuts de Hollywood et je pouvais passer des après-midi entiers à regarder les films de Gene Kelly. J'ai revu aussi tous les Hitchcock.

– Qu'est-ce qui te plaît tant dans ces vieux films ? demanda Beau en fermant son laptop à la fin d'une nouvelle journée interminable.

J'ai levé les yeux de l'endroit où j'étais allongée sur le sol, en train de grignoter du popcorn en riant aux éclats devant l'un des incroyables numéros de chant et de danse de *Chantons sous la pluie.*

J'ai pris la télécommande et je suis revenue en arrière.

– Tu plaisantes ? Regarde ça. Donald O'Connor fait un saut périlleux en courant. Il n'y a pas d'effets spéciaux, juste un mec qui déchire.

J'ai repassé la scène, m'esclaffant lorsque le jeune Donald O'Connor réussit l'exploit de courir sur le mur et se retourner avec la facilité de n'importe quel champion de skateboard d'aujourd'hui. J'ai souri en regardant Beau.

– C'est fabuleux, non ?

Il a souri aussi, mais il ne regardait pas l'écran.

– Ouais, fabuleux, dit-il doucement.

J'ai dégluti et je me suis assise sur le tapis moelleux.

– Alors, euh...

J'ai sucé mes doigts pour les débarrasser du sel, geste qui n'a pas échappé à Beau. Il fixait attentivement mes lèvres tandis que je me léchais les doigts un par un.

Oh merde, c'était chaud. J'ai sorti le dernier doigt de ma bouche avec un petit *pop* et j'ai senti mes joues s'enflammer.

J'ai observé Beau. Tout avait été si différent ces dernières semaines. Il avait été si... attentif. Il devait rendre Mme H folle avec son insistance à vérifier les menus en détail, mais elle s'est montrée à la hauteur. Elle m'a servi des smoothies verts au petit déjeuner tous les matins, et cette semaine, les nausées se sont apaisées.

Mais depuis des semaines, Beau ne me laissait plus me cacher dans la salle de bain les matins nauséeux.

Non, il insistait pour que je laisse la porte ouverte afin de venir voir si tout allait bien. Les pires matins, il restait à côté de moi pendant que je me vidais les tripes dans la cuvette en porcelaine. Il me relevait les cheveux, me frottait le dos et m'aidait à prendre une douche une fois que mon estomac s'était enfin calmé pour me laver.

Il s'assurait qu'il y ait toujours des crackers à côté du lit et que j'en mangeais avant de me lever. Une des nombreuses infos apprises dans les livres sur la grossesse — qu'il avait tous lus d'un bout à l'autre. Il était sans doute mieux préparé que moi pour accueillir le bébé. Ça ne m'étonnait pas, car mon état me semblait encore complètement irréel.

Mince, je ne pouvais pas réellement avoir un *bébé* dans six mois. C'était ridicule. Complètement dingo.

Sauf que Mme H avait réussi. Elle avait trouvé une toubib qui m'avait rendu visite en cachette.

C'était une ancienne belle à qui Mme H faisait confiance pour garder le secret. L'Ordre n'avait plus d'emprise sur elle, car son rêve était de faire des études de médecine. Eh bien, cette femme était maintenant médecin à Atlanta, et lorsque Mme H lui a expliqué ma situation, elle a accepté de me voir par compassion. Surtout quand Mme H a ajouté que Beau rémunérerait généreusement ses services.

Elle est donc venue au manoir la semaine dernière, et Mme H l'a discrètement introduite dans notre chambre. Mon ventre était encore plat. Seul changement à noter, mes seins s'alourdissaient, surtout maintenant que Beau et Mme H formaient une équipe soudée pour me gaver comme une oie.

J'étais anxieuse quand la femme a sorti son échographe portable et l'a branché. Puis elle a allumé son laptop, a versé du gel sur mon bidon, et a pressé la sonde à ultrasons contre mon estomac.

Au début, l'appareil est resté silencieux et ce moment de silence horrible m'a terrorisée comme jamais.

Mais ensuite, il était là. Wom-wom-wom-wom-wom-wom-wom. Les battements de cœur du bébé, si rapides et si réguliers.

Beau se tenait juste à côté du lit où j'étais allongée, et il m'a pris la main. Je m'y suis accrochée fermement.

Entendre ce battement de cœur a fait basculer tout mon univers.

Oui, je savais qu'il y avait un bébé. Mais il y avait une

différence entre le fait de le savoir et d'en *entendre la preuve* : les *battements* de son cœur.

En plus de nos mains jointes, nos regards se sont croisés et ça m'a fait un effet *waouh*. Non seulement j'allais avoir un bébé, mais aussi une *famille*.

Cette pensée m'a fait paniquer si fort que j'ai voulu retirer ma main de celle de Beau. Mais il ne voulait pas lâcher. Alors j'ai renoncé à lutter.

Nous n'avions pas parlé de notre relation à la lumière de la bombe que j'avais larguée sur nos pompes. Nous n'avions pas parlé de ce que cela signifiait pour *nous* en termes contractuels si chers à ses yeux.

Me considérait-il toujours seulement comme… un contrat ? Est-ce que quelque chose avait changé pour lui ?

Je me suis sentie idiote. Penser à la romance, me demander ce qu'un homme pouvait ressentir ou ne pas ressentir pour moi alors que j'entendais les battements de cœur de mon bébé pour la première fois. Mais je ne me trouvais pas dans des circonstances normales. Qu'étais-je *censée* éprouver, bon sang ? Je n'avais pas de modèle maternel.

Heureusement, le médecin a interrompu mes pensées avant qu'elles ne dérivent trop loin.

– Tout a l'air normal. Tu en es à douze, treize semaines, c'est ça ?

J'ai opiné.

– Le bébé a été conçu le vendredi 1er mai, déclara Beau. Ça correspond à vos observations ?

Eh bien, voilà de quoi doucher froidement mes délires romantiques et mes angoisses. Il vérifiait auprès de la toubib si je mentais sur sa paternité. Pour confirmer la date de la conception ?

Elle a rigolé.

– Il est rare qu'un patient se souvienne de la date exacte, mais oui, le Ier mai... dit-elle avant de faire une pause en regardant le plafond comme si elle calculait mentalement. Ça correspond parfaitement.

Elle a consulté la date sur sa montre.

– Donc tu en es à douze semaines presque jour pour jour.

Elle a poursuivi en m'expliquant ce qui m'attendait au deuxième trimestre.

Beau a commencé à la harceler de questions sur ma santé. Il a parlé du diabète gestationnel, de ses inquiétudes quant à la persistance des nausées, de l'importance de mon apport calorique quotidien et même des *marques* recommandées de vitamines prénatales.

Elle a répondu patiemment à toutes ses questions, puis s'est tournée vers moi.

– Et *toi*, te poses-tu des questions sur ta grossesse ?

Ce serait idiot de demander si ça faisait mal d'accoucher, non ? Mais comme si elle avait lu dans mes pensées, elle a abordé le sujet.

– As-tu commencé à organiser ton accouchement ? C'est un peu tôt, mais souvent prévoir les choses permet d'atténuer la peur de l'accouchement.

Avant que j'aie pu répondre, Beau est intervenu.

– Et pour les activités physiques ? (Il a froncé les sourcils en regardant la femme.) Vous savez exactement ce qui se passe au manoir. Est-ce sans danger pour mon enfant si elle continue les Épreuves ?

Elle n'a pas répondu tout de suite, ce que Beau aurait préféré sans doute. Moi aussi, à dire vrai. Sans être aussi parano que lui, j'étais quand même inquiète.

Les Épreuves des dernières semaines avaient été anodines ; en gros, des orgies massives où les Anciens pouvaient se faire dégorger le concombre par une jolie femme ou une autre.

Une fois, une boîte est arrivée avec d'autres colliers, mais il y en avait un noir qui m'autorisait à rester auprès de Beau.

Les Épreuves étaient le seul moment où nous avions des rapports sexuels.

Il était si prudent avec moi le reste du temps que je me demandais parfois si je l'attirais encore ou si je n'étais plus que la mère asexuée de son enfant.

Du moins jusqu'à la prochaine Épreuve.

Il semblait ressentir le besoin de participer pleinement et avec enthousiasme à l'action sous le regard scrutateur des Anciens.

Car les choses qu'il faisait à mon corps quand nous étions exposés à la vue de tous... mon Dieu. Je retrouvais l'amant vorace que mes hormones réclamaient à cor et à cri. Les temps morts entre deux Épreuves commençaient à me sembler cruels.

J'étais toute la journée dans la même pièce que Beau, la chatte en feu, avec une envie terrible de le toucher, de me frotter contre lui, de le *chevaucher*...

Mais non. Je devais rester à distance à cause de... eh bien, parce que nous n'avions pas encore discuté de la nature de notre relation et je craignais, en posant la question, qu'il me ressorte ce foutu contrat et que je le lui fasse bouffer !

Apparemment, Beau avait fini d'interroger la toubib, car elle remballait son matériel.

– Je reviendrai dans trois semaines et on pourra connaître le sexe du bébé si vous le désirez.

– Non, dis-je.

– Oui, répondit Beau en même temps.

Nous nous sommes regardés et son visage s'est immédiatement durci.

– Abilene, on veut connaître le sexe du bébé.

Seigneur, ce ton autoritaire était aussi sexy qu'exaspérant.

– Ah bon ? C'est plus sympa d'avoir la surprise à la naissance.

Il a secoué la tête.

– C'est absurde. On pourra acheter des vêtements et choisir le prénom du bébé si on connaît son sexe.

– Oh vraiment ? raillai-je en prenant la serviette que me tendait le docteur pour essuyer le gel sur mon ventre. D'après qui ? *Toi* ? Écoute, mon pote, les temps ont bien changé depuis l'époque où une fraternité d'étudiants a fondé cet endroit. Peu importe le sexe du bébé. Je n'ai pas envie de peindre la chambre en rose si c'est une fille ou en bleu si c'est un garçon. Le genre est une problématique qui...

– Tu suggères donc qu'on appelle l'enfant Pomme ? Ou peut-être Rocket ?

J'ai levé les yeux au plafond.

– Je suppose que tu veux Beau Junior ? (Sa façon de hausser les épaules disait qu'il y avait pensé.) Oh merde, tu plaisantes j'espère. Je ne vais pas donner ton prénom à mon fils ! Si c'est un garçon, bien sûr !

Il a croisé les bras sur sa poitrine.

– Pourquoi pas ? C'est aussi mon premier enfant.

Je l'ai foudroyé du regard.

– Eh bien, cherche d'autres prénoms, mon pote. Parce que je mets mon veto à Beau Jr.

C'est ainsi qu'a commencé ce que j'appelais dans mes meilleurs jours le Grand Débat sur le Prénom. Dans mes jours moins bons, je l'appelais le « Ta gueule, on appellera le bébé comme je veux. »

Guéguerre qui continuait depuis dix jours.

Assise par terre, j'ai souri à Beau sur le joyeux fond sonore de *Chantons sous la pluie*.

– Et si on l'appelait Gene si c'est un garçon ?

– Comme Gene Simmons, le bassiste de Kiss ? Non merci.

– Non, comme Gene Kelly. Tu ne veux pas que notre petit bébé d'amour ait la classe mondiale ?

– Même pas en rêve.

J'ai roulé les yeux et levé les mains. Beau les a prises et m'a tirée pour m'aider à me relever du sol. J'ai tenté (sans succès) d'ignorer la décharge électrique qui m'a parcouru le corps au contact, même bref, de sa peau sur la mienne.

N'étais-je pas culottée de chercher n'importe quelle excuse pour le toucher ? Si. Si, j'étais culottée.

En avais-je honte ? Non. Pas du tout.

– Si c'est une fille, dit-il, que penses-tu de...

Sa proposition a été interrompue par un coup frappé à la porte.

Nos regards se sont croisés, puis Beau est allé ouvrir d'un pas rapide.

– Votre présence est requise pour la prochaine Épreuve qui commence dans une heure, monta la voix de Mme H derrière lui.

Je ne la voyais pas, car le corps massif de Beau me cachait la porte. Quand il s'est tourné, elle était déjà repartie et il tenait une boîte blanche.

Mon cœur s'est mis à battre la chamade. Pas du tout parce que j'avais peur de ce qui pourrait se passer durant l'Épreuve.

Non, mon cœur s'emballait à la perspective de coucher

avec Beau ce soir. Enfin. Mon sexe s'est contracté à la seule idée qu'il me pénètre.

Beau a déchiré la boîte à la hâte. Puis il a froncé les sourcils et s'est tourné vers moi. Elle était vide.

J'ai haussé les épaules.

– Donc ils me veulent nue. Ce n'est pas nouveau.

Beau a hoché la tête, puis il a détourné le regard et a dégluti.

– Oui. Je suis sûr que ça va bien se passer.

Y pensait-il aussi ? Qu'il allait me baiser ce soir ? Où s'inquiétait-il pour le bébé, car je n'étais plus à ses yeux désormais qu'une couveuse ?

– Je te laisse te doucher en premier, dit-il en me tournant le dos.

Quel mec exaspérant !

Je suis entrée dans la salle de bain d'un pas lourd et j'ai ouvert l'eau chaude. Si seulement je pouvais me laver le cerveau pour en faire sortir cet homme.

CHAPITRE 16

Beau

J'AI COMPRIS TOUT DE SUITE QUE LA SOIRÉE ALLAIT CRAINDRE à la tête de mes copains, Montgomery et Rafe. Ils portaient leur nouvelle cape argentée et leurs yeux m'ont révélé tout ce que j'avais besoin de savoir.

Abilene et moi étions foutus.

Nous nous trouvions à nouveau dans la salle de bal, une pièce du manoir que j'en étais venu à détester depuis que j'étais un Initié. Oh, comme les temps avaient changé depuis l'époque où je jouais dans cette salle, petit garçon, impatient de grandir pour devenir un membre de l'Ordre comme mon bon vieux papounet.

Mon papounet qui évitait de me regarder depuis que j'étais entré dans la salle, Abilene nue à mon bras.

Il y avait une raison pour laquelle mon père n'était pas un Ancien. Je n'ai jamais su laquelle, ni pourquoi il n'a jamais essayé d'obtenir ce rang. Mon père ne manquait pas d'ambition, bien au contraire. Il devait donc y avoir une autre raison.

Peut-être que cette soirée allait me la révéler en partie. Peut-être que c'était volontaire de sa part, que devenir un Ancien exigeait de prendre un chemin trop sombre pour lui.

La salle était vide ce soir. Débarrassée des filles nues et des hommes en chaleur. Abilene et moi étions le clou du spectacle. Seuls les membres et les Anciens étaient présents... sans compter le Diable.

Car le Diable était dans les murs. Je sentais sa présence.

Il y avait un machin immense au centre de la pièce. C'était un conteneur en verre d'environ un mètre quatre-vingt de haut, assez large pour contenir une personne. Sans aucun doute, Abilene ou moi serions cette personne. Au-dessus de la boîte en verre se trouvait un compartiment noir qui couvrait le haut et montait jusqu'au plafond. Il devait contenir un truc qui allait se déverser sur celui qui se tenait dans la boîte transparente.

Je n'ai pas trop eu le temps de cogiter sur le déroulement des opérations, car les Anciens se sont mis à frapper le sol de marbre blanc de leurs cannes. Coup après coup, la cadence n'a fait qu'accentuer l'écho assourdissant de l'élégante salle de bal vide.

Des membres se sont placés derrière Abilene et moi, et un Ancien s'est avancé et a pris Abilene par le bras. Il l'a conduite jusqu'à la boîte en verre et l'a poussée à l'intérieur, fermant la porte bruyamment. Mon cœur s'est presque arrêté en la regardant se tenir debout, les bras le long du corps, attendant la suite des événements.

Elle avait une telle fierté et une telle force. Elle gardait la tête haute, et si elle avait peur, elle ne le montrait pas le moins du monde. Au contraire, son expression criait : *allez-y, bande d'enfoirés, même pas peur !*

Nue ou pas, elle ne semblait pas le moins du monde vulnérable. Elle était prête à se battre, et je n'avais jamais été aussi impressionné par un autre être humain dans ma vie. Elle a regardé au-dessus d'elle pour essayer de deviner ce qui allait lui arriver, mais nous n'avions aucune idée de ce qui allait lui tomber dessus.

Les cannes continuaient de tambouriner, et d'autres Anciens sont apparus avec des cordes argentées à la main. Ils ont entouré la boîte en verre de cordes, faisant des nœuds au fur et à mesure.

Ils piégeaient littéralement Abilene dans la boîte.

Lentement et méthodiquement, la boîte en verre s'est couverte d'argent. Un serpent d'argent qui menaçait d'avaler Abilene.

Je savais au fond de moi que c'était dangereux. Je devinais que le seul moyen de la sortir de là consistait à dénouer tous les nœuds que les Anciens s'étaient appliqués à faire. Chaque nœud, chaque torsion de la corde devait être défait pour la libérer.

Et pendant tout le temps où j'ai regardé, impuissant, la femme qui portait mon enfant disparaître lentement derrière la corde, j'ai eu envie de crier. Je voulais demander que ça se termine. J'étais si fatigué, putain. J'étais si épuisé du combat intérieur qui faisait rage en moi. C'était mal. Quel genre d'homme permettait ça ? Quel genre d'homme mettait en danger une femme et son bébé ? Pour quel motif ? Du fric ? Une entreprise ? L'orgueil ? Un héritage noble entaché de perversion ? Quel genre d'homme étais-je ?

Peu importe le nombre de livres sur la grossesse que j'avais lus. La seule chose que je savais, c'était qu'il était de mon devoir de tout faire pour protéger la mère de mon enfant. Et alors qu'elle était enfermée dans une boîte en verre recouverte de nœuds d'argent, j'ai réalisé que je la laissais lentement tomber... un peu plus à chaque Épreuve.

– Beau Radcliffe, m'interpella un Ancien, me tirant de mes pensées. Tu as pour mission de libérer ta belle. Sauve-la et l'Épreuve sera terminée. Si tu échoues, cela signifie...

Sa voix s'est tue alors que le bruit des cannes s'intensifiait.

Signifie quoi ?

Quoi ?

J'avais entendu des rumeurs sur les belles et les femmes qui n'étaient pas ressorties vivantes des Oléandres. Des histoires au sujet de tombes anonymes dans le cimetière sur la colline. Des filles disparues dont personne ne se souciait. Des secrets ensevelis. Des fantômes de belles qui erraient dans le parc en raison d'Épreuves qui avaient mal tourné. Mais s'agissait-il seulement de rumeurs ? Des histoires de fantômes pour effrayer les jeunes garçons comme moi à une époque ? Ou était-ce des faits réels ?

Bordel de merde. La vie d'Abilene était-elle en danger ?

Sans perdre une seconde, j'ai foncé vers la boîte en verre et j'ai commencé à tirer sur les cordes. J'ai vite compris que je devais être intelligent pour défaire les nœuds. Tirer comme une brute ne faisait que les resserrer.

– C'est bon, tu vas y arriver, Beau, entendis-je à travers la vitre. Il suffit que tu gardes ton calme. Ne te laisse pas ébranler.

Je voyais un petit bout d'Abilene à travers les cordes, et je savais qu'elle pouvait me voir aussi, mais il y avait tellement de nœuds entre elle et moi.

Un Ancien a pris la parole.

– Que la richesse des Radcliffe pleuve sur la belle.

La boîte noire au-dessus d'elle s'est ouverte et un torrent de billes en verre mêlées à des diamants s'est déversé sur elle.

La pire des Épreuves venait de commencer.

Je devais libérer ma belle ou elle serait étouffée par les diamants de ma famille. Les joyaux Radcliffe la tueraient si je ne parvenais pas à défaire ces cordes.

Rien ne pourrait m'arrêter. Rien.

J'ai commencé à défaire un nœud à la fois, en essayant de ne pas penser qu'Abilene était déjà ensevelie jusqu'aux chevilles.

– Tu respires là-dedans ? demandai-je en tirant et dénouant la corde.

– Concentre-toi, Beau. Je vais bien. Tout va bien.

– Il y a tellement de foutus nœuds.

J'en dénouais un seulement pour tomber sur un autre. Puis un autre, un autre.

– Tu peux le faire. N'abandonne pas l'Épreuve. Ne les laisse pas gagner. Ne laisse pas cette Épreuve nous faire échouer. Quoi qu'il arrive, n'abandonne pas. Promets-le-moi.

Je ne pouvais pas lui promettre. Je ne pouvais pas laisser les choses aller trop loin. Si les diamants et les billes s'approchaient de son visage, les jeux seraient faits. Mais pour le moment, je me démenais comme un fou pour dénouer le bouzin avec l'intention de la libérer.

Mais la pluie d'enfer adamantine tombait rapidement et son corps était lentement enseveli. Nœud après nœud, j'ai progressé. Je pouvais voir son visage maintenant. Je voyais ses yeux, et bien qu'elle soit enterrée jusqu'à la taille, elle ne montrait aucune peur. Son calme m'a apaisé et m'a permis de continuer à lutter. Mes doigts saignaient à cause du frottement de la peau. Mes ongles se retournaient, car je refusais de laisser les Anciens m'intimider avec leurs nœuds savants.

Lorsque les diamants et les billes ont recouvert entièrement son ventre et atteint ses seins, j'ai paniqué. Il y avait encore tellement de nœuds, et la boîte en verre se remplissait plus vite que je ne pouvais les défaire. Des serpents de corde s'enroulaient à mes pieds, et pourtant j'avais l'impression de ne pas avancer.

Abilene a tendu la main et a placé sa paume contre le verre. J'ai levé les yeux d'un nœud ensanglanté et j'ai croisé son regard.

– J'essaie, Abilene. J'essaie, putain.

– Tu vas y arriver. Je te fais confiance. Je sais que tu peux le faire.

– Est-ce que le poids est trop lourd pour toi ? Dis-moi. C'est trop lourd ? Tu arrives à respirer ?

Je ne pouvais qu'imaginer à quel point Abilene devait se sentir étouffée et claustrophobe.

– Ça va. Je vais bien. Continue.

Ses yeux se sont posés sur les nœuds restants, et pour la première fois, j'ai vu la peur traverser son regard.

Elle a compris, comme moi. La vitesse de remplissage de la boîte était supérieure à ma vitesse pour défaire les nœuds. Les diamants gagnaient.

Il devait y avoir un autre moyen. Je n'arriverais pas à tout dénouer à temps. Il y avait forcément un autre moyen.

J'emmerdais les Anciens.

Ils n'avaient pas fixé de règles pour cette Épreuve. Seulement un objectif.

Libérer la belle.

Eh bien, c'était carrément mon intention.

J'ai couru vers un coin de la pièce où se trouvait une chaise, je l'ai ramassée et je suis retourné vers le conteneur.

– Protège ton visage, hurlai-je en frappant la chaise contre le verre, m'attendant à ce qu'il explose en mille morceaux.

Abilene a caché son visage dans ses bras, mais lorsque la

chaise est entrée en contact avec la vitre, son pied s'est brisé, c'est tout.

La vitre est restée intacte.

J'ai réessayé avec plus de force, en rugissant de frustration.

La boîte en verre sans doute blindée se foutait de ma gueule.

Ce n'était pas du verre normal. Il était incassable.

Les Anciens s'attendaient à ma réaction et ils avaient prévu le coup.

Les cannes ont recommencé à marteler le sol, comme pour se moquer de mes vaines initiatives.

Les billes lui arrivaient désormais jusqu'à la clavicule et une terreur insoutenable a failli me faire tomber à genoux. Les nœuds étaient toujours là et j'avais perdu du temps avec ma tentative barbare de tout exploser en mode bulldozer.

Je me suis acharné de nouveau sur les nœuds, en tirant dessus frénétiquement. J'ai regardé Abilene qui avait basculé sa tête en arrière pour garder son visage à l'air aussi longtemps que possible.

– Tu peux grimper ? lui demandai-je.

– Non, je ne peux pas bouger. Dépêche-toi, dit-elle d'une voix faible et éraillée.

J'ai regardé Montgomery et Rafe.

– Aidez-moi à la sortir de là ! Rien dans le règlement ne m'interdit d'avoir un coup de main. Aidez-moi, putain !

Ce qui m'a surpris, c'est que le premier à me rejoindre était mon père. Il a couru vers la boîte et s'est mis à défaire les nœuds. Montgomery et Rafe l'ont rapidement rejoint. Je m'attendais à ce que les Anciens annoncent que l'Épreuve était terminée pour cause de disqualification, mais je m'en foutais. Je voulais qu'Abilene soit libérée à n'importe quel prix.

Et tandis que les diamants entouraient son visage, nous nous acharnions tous les quatre à défaire les nœuds et j'ai vu une lumière au bout du tunnel. Nous étions si proches.

Si proches.

Mais dans quelques minutes, elle ne pourrait plus respirer du tout.

Putain de merde.

La femme que j'aimais allait mourir sous mes yeux. Elle serait l'une des belles victimes d'une Épreuve. Pas une rumeur. Pas une histoire de fantôme. Une histoire vraie, une tragédie que j'ai laissé se produire.

Elle hanterait à jamais les couloirs de ce maudit manoir parce qu'une fois que les Oléandres t'avaient eue, ils ne te laissaient plus repartir. Abilene et le bébé Radcliffe hurleraient qu'on les libère pour l'éternité.

– Sortez-la de là !

– Plus que quelques nœuds, dit mon père.

Il a levé les yeux de son nœud pour regarder Abilene qui respirait difficilement alors que les diamants tombaient sur son visage. Elle en a recraché plusieurs et a aspiré de l'air.

– Tiens encore quelques minutes, ma jolie. On va te sortir de là. Je te le promets.

Mon père était un homme de parole. Il n'a jamais rompu un contrat, n'a jamais fait une promesse qu'il n'a pas tenue. Alors quand il a promis à Abilene de la libérer, j'ai attaqué mon dernier nœud avec une rage renouvelée. J'étais tellement concentré sur ma tâche que je n'ai même pas tiqué quand l'ongle de mon index s'est détaché.

La brûlure de la douleur me disait seulement que nous étions proches. Si proches.

Et après qu'elle a respiré une dernière fois à fond, les billes et les diamants ont enseveli son visage.

S'il vous plaît, faites que ce ne soit pas son dernier souffle.

– Plus vite, hurlai-je. Elle est complètement recouverte ! Elle ne peut pas respirer ! Faites-la sortir !

Finalement, nous avons détaché les derniers nœuds, puis j'ai arraché la corde restante et ouvert la boîte.

Les billes et les diamants se sont déversés sur le sol comme un torrent de péchés. Ils ont tapissé le sol de la salle de bal tandis que j'attrapais le corps d'Abilene et la tirais vers moi. Elle a haleté pour respirer et s'est accrochée à moi avec ses dernières forces.

– C'est fini, l'apaisai-je en passant ma main sur l'arrière de son crâne en la tenant contre ma poitrine. Je te tiens. Je te tiens et je ne te laisserai plus jamais partir.

Des larmes de soulagement ont coulé de mes yeux et mon cœur battait si fort qu'il me faisait physiquement mal. Je ne me souciais pas de ce que les autres pensaient, ou des conséquences pour l'issue de l'Épreuve d'avoir demandé de l'aide.

– Je savais que tu pouvais le faire, dit-elle tremblante en me tenant fermement. Je n'ai jamais douté de toi. Je savais que tu ne nous laisserais pas tomber.

– Plus jamais, susurrai-je en lui embrassant les cheveux. Je ne veux plus jamais avoir peur de te perdre. Jamais.

Le martèlement des cannes a repris. Sans m'arrêter, sans me retourner, j'ai ignoré ce son sinistre.

– Beau Radcliffe, proclama un Ancien derrière moi. Tu as accompli l'Épreuve et sauvé la belle. Tu t'es appuyé sur le pouvoir de la fraternité de l'Ordre du fantôme d'argent, comme on attend d'un membre qu'il le fasse. La soirée est terminée.

CHAPITRE 17

Abilene

Je tremblais encore quand Beau m'a emportée dans la chambre. Dès qu'il a refermé les portes, j'ai posé les mains sur mon ventre.

– Tu vas bien ? Le bébé va bien ? Tu...

Il m'a immédiatement bombardée de questions. J'ai levé la main pour l'interrompre.

– On va bien. J'ai juste... (un frisson m'a parcouru le corps.) J'ai juste besoin d'une minute.

Les jambes vacillantes, j'ai marché jusqu'au lit et me suis effondrée dessus.

Beau s'est précipité à côté de moi, puis ses mains ont investigué mon corps, courant de haut en bas sur mes bras, mon ventre, vérifiant même mon pouls jusqu'à ce que je le repousse.

– Je t'ai dit que j'allais bien ! râlai-je.

– Eh bien, excuse-moi, mais je viens de te voir te faire écraser par une putain de montagne de billes et de diamants !

Il s'est levé et a arpenté la pièce en se passant la main dans les cheveux. Complètement à l'opposé du Beau stoïque et posé auquel j'étais habituée. C'était aussi bizarre que de le voir péter un câble en bas quand il a pris une chaise et l'a frappée frénétiquement contre la vitre pour me libérer.

J'ai pris une profonde inspiration.

– Ils ne m'ont pas écrasée. Mais c'était horrible, je ne dis pas le contraire. Je ne pouvais pas bouger et il y avait une pression terrible qui s'exerçait sur moi de tous les côtés, et oui, j'ai paniqué à la fin. J'avais l'impression que j'allais mourir, mais je ne pense pas que ce serait arrivé. C'est une torture horrible à faire à quelqu'un. Tu te vois littéralement te faire enterrer vivante.

Un nouveau frisson m'a parcourue et Beau a cessé de faire les cent pas, revenant à mes côtés et me prenant dans ses bras. Cette fois-ci, sans m'examiner. Il m'a juste tenue dans ses bras. Il m'a tenue jusqu'à ce que les tremblements diminuent.

– Je suis désolé de n'avoir pas pu te libérer plus vite, murmura-t-il d'une voix où perçait l'angoisse. J'aurais dû faire mieux. Si j'avais pu rester calme. Ou annuler l'Épreuve. Je n'aurais *jamais* dû les laisser t'enfermer dans cette boîte...

Je me suis dégagée de ses bras pour le regarder en face.

– Quand est-ce que tu vas comprendre ? Ce n'est pas une expérience qui repose uniquement sur toi. On est ici ensemble. Tu as été incroyable. Au-delà de toutes les attentes. Tu m'as libérée. J'ai eu raison de te faire confiance.

Il s'est mis à secouer la tête, mais j'ai pris sa main.

– Hé, écoute-moi. Tu vas être un père formidable.

Il s'est figé à ces mots, et j'ai vu qu'il était profondément touché, car il a eu du mal à déglutir. Il est resté silencieux un moment, puis il a demandé :

– Et si je fais tout foirer ? Et si je traumatise le petit de façon irréparable ?

Ça m'a fait rire.

– Je suis sûre que c'est la crainte de tous les futurs parents. Du moins les bons. Tu crois que je n'ai pas peur de ça aussi ? Je veux tellement de choses pour cet enfant.

Mes mains sont revenues sur mon ventre, et j'ai cligné des yeux à l'idée du petit être qui y grandissait et de la vie qui l'attendait.

– Je veux tellement ce que je n'ai pas eu, murmurai-je en reposant les yeux sur Beau. Pourquoi crois-tu que j'aie fait cette chose folle, te traquer jusqu'ici ? Je ne suis pas parfaite, bien sûr, mais je suis farouchement déterminée à offrir la meilleure vie possible à mon enfant.

Beau a souri en tendant la main. Au début, il a hésité, puis il a délicatement écarté une mèche de mon visage.

J'ai fondu au contact de ses doigts sur ma joue.

– Oui, farouchement est le mot qui te convient, dit-il en laissant la main sur ma joue, son regard me transperçant. J'aime ce que tu as dit à propos de faire ça ensemble. Même en bas, ta voix était la seule chose qui me permettait de ne pas devenir fou. Tu es une femme extraordinaire. Et si on...

Sa voix s'est tue et ses sourcils se sont rétrécis comme s'il réfléchissait à une chose sérieuse. Puis les plis de son front se sont détendus, indiquant qu'il avait pris une décision.

– Peut-être qu'on pourrait essayer dans le monde réel, dit-il. Je ferai tout ce qui est en mon pouvoir pour offrir à ce bébé la meilleure vie possible. (Sa main sur ma joue a fléchi très légèrement.) Et pour t'offrir la meilleure vie possible.

J'ai cessé de respirer un instant.

– Est-ce que tu... tu veux dire que...

Mais je n'ai pas pu formuler ma pensée. C'était trop

fantastique. Trop beau pour être vrai. Était-il en train de dire qu'il envisageait vraiment d'*être* avec moi ?

– Je n'ai pas grandi dans une famille traditionnelle.

J'ai secoué la tête.

– Moi non plus.

– J'étais tellement terrifié tout à l'heure. Je ne pouvais pas te protéger et ça me *tuait*, putain...

– Mais tu m'as protégée, le coupai-je. Tu m'as sauvée. Et on est si proches de la fin. Il ne reste plus qu'un mois. Moins d'un mois.

Et maintenant, il disait qu'après ce petit mois, on pourrait... on pourrait essayer... J'ai pris une grande inspiration, n'arrivant toujours pas à m'y faire.

Il s'est rapproché de moi, de sorte que nos cuisses se sont écrasées l'une contre l'autre, mais je le voulais encore plus proche. Quand il a pris ma main, j'ai immédiatement entrelacé nos doigts. L'énergie entre nous était électrique, et je me sentais fiévreuse.

– C'est peut-être notre chance d'avoir tout ça, dit-il. La famille que ni toi ni moi n'avons eue. On pourrait la créer, ensemble.

– C'est mon souhait le plus cher, murmurai-je en me penchant vers lui, enivrée par sa proximité.

Et il m'a rejointe. Mon Dieu, il m'a touchée.

Il a écrasé ses lèvres sur les miennes et m'a hissée sur ses genoux. J'étais nue et il était habillé, mais le nombre de fils de son smoking était si élevé que le contact de mon sexe nu contre l'entrejambe de son pantalon était divin. Le piercing de clito avait cicatrisé et le moindre frottement me faisait décoller.

Surtout quand j'ai senti le renflement de son sexe sous le tissu. Ma chatte s'est contractée à cette sensation, et j'ai enroulé les bras autour de son cou.

Nous n'avions pas fait l'amour depuis une semaine et ma chatte dégoulinait de désir. À coup sûr, j'avais taché son pantalon.

– J'ai besoin de te sentir en moi, lui soufflai-je à l'oreille. S'il te plaît, Beau. J'ai besoin de sentir ce lien après cette soirée...

Il a grogné et nous a fait basculer pour que mon dos touche le lit. Quelques instants plus tard, il avait enlevé son pantalon et son caleçon et il était au-dessus de moi. J'ai écarté les jambes pour l'accueillir.

Il s'est enfoncé en moi d'un grand coup de reins, sans aucune douceur.

Et j'ai aimé ça. J'ai tellement aimé qu'il ne me traite pas comme une poupée de porcelaine. Il m'a empoigné la hanche, et j'ai enroulé mes jambes autour de sa taille et je me suis soulevée lors de la pénétration suivante, de sorte que nos corps se sont heurtés dans un bruit érotique.

Il m'a malaxé la hanche. J'ai gémi et j'ai de nouveau accompagné sa pénétration en soulevant le bassin.

– Encore, suppliai-je. J'ai besoin de te sentir partout.

– Bon sang, femme, gronda-t-il.

Puis il s'est retiré et il m'a retournée brutalement d'une manière que j'ai absolument adorée.

– À quatre pattes, ordonna-t-il.

J'ai obéi fébrilement, puis il s'est mis derrière moi et m'a prise sublimement.

J'ai remué le cul, m'agrippant aux draps et au matelas pour reculer et m'écraser contre lui le plus fort possible. Puis j'ai passé une main dans mon dos et j'ai écarté mon anus au maximum, ce qui lui a arraché un « putain » bas et rauque qui a contracté mes chairs autour de son membre alors qu'il s'enfonçait à nouveau.

J'ai encore tortillé du cul et j'ai eu ce que je demandais en silence.

Il m'a giflé les fesses. Un claquement glorieux a résonné dans la pièce.

– Encore, implorai-je.

Il m'a entendue et m'a fessée sans relâche en me prenant par-derrière.

Puis sa queue a tapé ce point érogène si génial à chaque coup de reins et j'ai balancé et frotté mon bassin contre lui quand les vibrations de plaisir sont montées — le formidable relâchement de la tension, de la soirée, de tout ce qui n'était pas Beau et moi.

Mais au moment où je commençais à jouir, il s'est retiré, me laissant orpheline d'un orgasme avorté.

Il m'a fait rouler sur le dos, puis il s'est glissé entre mes jambes. Il m'a pénétrée et baisée à nouveau, son torse frottant contre mes seins, ses yeux perçants et intenses plongés dans les miens.

Mon souffle s'est haché et l'orgasme a repris là où il s'était arrêté. J'ai saisi son visage, je l'ai embrassé et j'ai joui si fort que j'ai eu l'impression de m'échapper de mon corps. Mais non, je ne m'étais jamais sentie aussi en phase avec mon corps, chaque terminaison nerveuse en feu, pleinement reliée à Beau en moi, Beau sur moi, les lèvres de Beau, les yeux de Beau, *l'être* de Beau.

Et quand j'ai senti sa semence brûlante se répandre au plus profond de moi, mon corps s'est contracté une fois de plus avant d'exploser dans une gerbe de lumière encore plus solaire.

Ça m'a terrifiée, car après avoir connu cette extase fulgurante, comment un autre, n'importe qui, pourrait-il me satisfaire ? Et j'étais aussi terrifiée à l'idée que Beau s'en aille et devienne distant au moment où il se retirerait, comme il l'avait fait la dernière fois que nous nous étions connectés si profondément.

Mais il ne l'a pas fait. Au contraire, il m'a serrée contre lui, en cuillère, et nous nous sommes endormis avec son bras replié sur moi pour me protéger.

Je ne m'étais jamais sentie aussi en sécurité et je n'avais jamais eu autant envie que la nuit ne finisse jamais.

CHAPITRE 18

Beau

Travailler depuis une chambre devenait presque impossible. Je faisais de mon mieux pour répondre aux messages et appels téléphoniques, mais l'une de mes forces en affaires était ma façon de gérer l'humain. Je pouvais cerner immédiatement mes interlocuteurs, et j'avais un regard qui les décourageait de me chercher des poux.

Il était beaucoup plus difficile de négocier ou donner des ordres à distance. C'était un défi d'inspirer la crainte et le respect au seul moyen des mots. J'avais besoin d'être à mon poste physiquement. J'avais besoin de retrouver ma vie. Et j'avais besoin de sentir un certain niveau de contrôle dans le chaos inédit dans lequel je vivais.

Deux semaines s'étaient écoulées depuis l'Épreuve du tombeau en verre, sans autre communication des Anciens. J'étais soulagé qu'il n'y ait pas d'autres Épreuves, et en même temps, plus les jours passaient, plus j'angoissais.

Pourquoi n'avions-nous pas de nouvelles d'eux ?

Avaient-ils découvert pour le bébé ?

Avaient-ils l'intention de nous mettre à la porte... comme des malotrus ?

Ou étaient-ils débordés ? Je savais que Walker et Emmett avaient encore leur Initiation à venir, et peut-être que l'Ordre était tout simplement trop occupé à préparer des Épreuves pour les autres initiés.

J'ai fermé mon laptop avec le sentiment d'avoir assez travaillé pour la journée, et j'ai concentré mon attention sur Abilene qui était allongée sur le sol en train de faire des abdos.

– Qu'est-ce que tu fais ? demandai-je à la fois amusé et légèrement inquiet que ces exercices qui sollicitaient son ventre soient mauvais pour le bébé.

– Je me ramollis, répondit-elle, essoufflée.

Je me suis levé de la chaise, penché, l'ai attrapée par le bras et l'ai tirée pour la relever.

– T'as perdu la tête ? Il n'y a rien de *mou* chez toi.

Je lui ai embrassé le bout du nez pour masquer mon sourire.

Elle a levé son t-shirt et pincé la peau de son ventre.

– Ça commence à se voir. Les Anciens vont bientôt s'en rendre compte si je ne me muscle pas.

Son ventre s'était peut-être légèrement arrondi, en effet.

– S'ils remarquent quelque chose, c'est qu'on a pris du poids *tous les deux*. On rejettera la faute sur la bonne cuisine et l'inactivité, dis-je en tapotant mon ventre avec insistance. On a tous les deux de la bedaine.

Roulant des yeux, elle s'est assise sur le sol pour reprendre son exercice.

– Tu es loin d'avoir de la bedaine, M. Abdos en tablette.

Je lui ai saisi le poignet en guise d'avertissement.

– Ne m'oblige pas à te montrer ce que je fais aux filles têtues qui n'écoutent pas.

Elle a souri et s'est léché les lèvres.

– Oh vraiment ?

Ma queue a tressailli à toutes les pensées salaces qui m'ont traversé la tête.

– Vraiment. Ne m'oblige pas à te punir.

Elle s'est appuyée sur ses coudes et a levé les yeux vers moi.

– Peut-être que je ne peux pas m'en empêcher. Peut-être que je suis une vilaine fille.

Sa provocation était bandante, putain. Ma queue n'a pas fait que tressaillir cette fois, elle a durci en quête d'attention.

Tombant à genoux, j'ai pris son bassin et je l'ai retournée sur le ventre. D'un coup sec, j'ai tiré sur son short et sa culotte en coton, dénudant son cul ferme. J'ai agi si rapidement et facilement qu'Abilene n'a même pas eu le temps de protester. Ce n'est que lorsque je lui ai donné une fessée qu'elle a poussé son premier cri.

– Ne dis pas que je ne t'ai pas prévenue, dis-je en lui giflant les fesses l'une après l'autre.

Je l'ai maintenue au sol en lui coinçant les jambes sous le poids des miennes.

Elle était impuissante face à ma vindicte.

– Je vais fesser chaque centimètre de ton derrière jusqu'à ce que tu cries de plaisir, et seulement à ce moment-là je réclamerai ce cul qui m'appartient.

J'ai su à son gémissement rauque qu'elle n'allait pas s'opposer à mon plan.

Le coup suivant était beaucoup plus fort que les précédents, et Abilene s'est soudainement arquée et a crié « Oh mon Dieu ! »

Dès que j'ai enlevé mon poids, elle s'est instantanément redressée et s'est tenu le ventre, les yeux arrondis par la surprise.

J'ai paniqué, le cœur tambourinant à tout rompre.

– Le bébé ? J'ai fait mal au bébé ? On doit aller à l'hôpital ?

Je ne pensais pas avoir été trop brutal avec elle, mais j'étais clairement un abruti qui pensait pouvoir être pervers avec une femme enceinte.

Je savais que Mme H amènerait bientôt la toubib pour faire un examen et une échographie, mais il fallait peut-être agir dans l'urgence.

Elle a secoué la tête, la main toujours sur son ventre.

– Non, non. Le bébé... (elle m'a regardé les larmes aux yeux et m'a souri béatement.) J'ai senti le bébé bouger !

– Il a bougé ?

J'ai posé la paume sur son ventre dans l'espoir de le sentir aussi, mais je n'ai rien senti d'autre que sa main recouvrant la mienne.

Nous sommes restés immobiles et silencieux, dans l'attente d'un nouveau mouvement.

– Le bébé est têtu comme toi, dit-elle en souriant jusqu'aux oreilles. En plus, je pense qu'il est trop tôt pour que tu le sentes de l'extérieur.

– S'il est têtu, il tient ça de *toi*.

On a frappé à la porte et Mme H a passé la tête à l'intérieur.

– Prêts pour l'examen médical ?

J'ai acquiescé.

– Entrez.

Je me suis rendu compte qu'Abilene avait toujours son pantalon baissé, et je me suis empressé de le lui remonter avant l'entrée du médecin. Puis je l'ai aidée à se relever, et je l'ai emmenée au lit, sans lâcher sa main. Mme H et la docteur se sont approchées en tirant la valise de l'échographe.

– Comment se sent la maman aujourd'hui ? s'enquit le médecin.

– Elle a senti le bébé bouger, répondis-je à sa place. C'est normal à ce stade de la grossesse ?

La toubib a souri, puis a reporté son attention sur Abilene.

– C'est normal. Surtout si tu es à l'écoute de ton bébé.

Les regards que les trois femmes dans la pièce m'ont lancés m'ont dit que je devais arrêter de vouloir tout contrôler et me détendre. Je n'étais pas aveugle ni idiot. Je savais que je pouvais être un connard autoritaire, malgré moi. Même si j'ai tenu la main d'Abilene pendant que la docteur commençait l'examen. J'essaierais d'être gentil et de rester calme. J'essaierais...

– Tout à l'air d'aller, et le bébé est en parfaite santé. Vous voulez connaître le sexe de l'enfant ? demanda-t-elle en baladant la sonde sur le ventre d'Abilene.

– Oui, répondis-je immédiatement.

Abilene m'a regardé, puis a regardé la docteur.

– On le voit déjà ?

Elle a opiné.

Les yeux d'Abilene sont revenus sur moi.

– Tu veux vraiment savoir ?

Je n'avais jamais rien désiré de plus.

– Vraiment. Mais ce n'est pas seulement mon choix qui compte. C'est le nôtre.

Abilene a serré ma main, puis a fait un signe de tête au médecin.

– On veut savoir.

– Félicitations, maman et papa. Vous allez avoir un petit garçon.

Un garçon. Un petit Radcliffe.

– Oh mon Dieu, souffla Abilene, me serrant la main encore plus fort.

Un fils.

J'allais avoir un fils.

Et une famille.

Un flot d'émotions et de pensées a serré mon cœur comme un étau. Ma vie était sur le point de changer. Tous mes plans avaient été chamboulés. La réalité s'imposait en force. Fini les fêtes de fin d'année déprimantes. Fini les réveillons de Noël en tête-à-tête avec mon père.

Je voulais une vraie fête pour mon fils. Je voulais un sapin de Noël que nous décorerions ensemble. Je n'avais jamais eu de sapin rempli de guirlandes et de décorations évoquant des souvenirs particuliers ou fabriqués à l'école. Je n'avais pas préparé de cookies pour le père Noël ou écrit une lettre avec tous les cadeaux dont je rêvais.

Non. Je recevais juste une enveloppe d'argent chaque année. Je me suis juré que mon fils ne recevrait jamais d'argent comme cadeau de ma part. Jamais. Il aurait un vélo, un chariot, et une balançoire — que je construirais de mes mains.

Et il n'y aurait pas seulement mon fils et moi qui siroterions du bourbon au coin du feu. Nous serions trois. J'ai vu Abilene dans mon futur aussi. Je savais qu'elle serait une bonne mère. Son esprit combatif déteindrait sur mon fils. Il grandirait entouré de deux parents solides qui l'élèveraient pour être un battant et un homme bien. Oui, mon fils serait une belle personne qui ferait passer les sentiments des autres avant les siens. Il prendrait le meilleur de moi et le meilleur d'Abilene.

– On va avoir un petit garçon, se réjouit Abilene, me tirant de mes pensées. C'est ce que tu espérais ?

– Je n'avais pas de préférence... ou du moins je le croyais

avant de connaître le sexe du bébé. Oui, je suis très heureux d'avoir un garçon.

J'ai refoulé mes larmes et je l'ai embrassée sur les cheveux.

– Tout va très bien. Je ne pense pas que tu aies besoin de me revoir avant la fin de l'Initiation, dit le médecin en commençant à ranger ses affaires. Mme H a mes coordonnées si tu veux me joindre après, mais une fois que tu seras partie d'ici, tu voudras sans doute trouver un médecin plus proche de chez toi pour préparer l'accouchement. Félicitations, dit-elle en nous souriant.

– J'ai l'impression de rêver, dit Abilene en se redressant et en s'essuyant le ventre.

– Oh, c'est bien réel, pouffa joyeusement Mme H. Un mini Beau Radcliffe... Que Dieu nous aide.

Elle a tourné les talons en riant et est sortie de la chambre.

– Un Radcliffe, répétai-je. Je n'aurais jamais pensé que je perpétuerais le nom de la famille.

J'ai baissé les yeux vers Abilene qui pleurait de joie. J'ai essuyé une larme avec mon pouce, puis j'ai pris son menton pour la forcer à me regarder dans les yeux.

– Je serai toujours là pour toi et notre fils. Toujours. Je te donne ma parole. Et dans mon monde, notre parole vaut de l'or, dis-je étouffé par l'émotion. Toi et ce bébé, vous êtes tout pour moi.

CHAPITRE 19

Abilene

J'ALLAIS AVOIR UN BÉBÉ. UN PETIT GARÇON.

J'allais avoir le petit garçon *de Beau.*

Les journées étaient vides, interminables... et pourtant, au fond de moi, je ne voulais pas qu'elles se terminent. Surtout pendant les longues périodes sans Épreuve, où nous n'étions que tous les deux, isolés du monde.

Il travaillait, oui, mais pas de l'aube au crépuscule comme avant.

Il faisait de longues pauses pour le petit déjeuner, le déjeuner et le dîner et nous parlions, nous racontions des histoires et nous faisions rire. Il avait un humour malicieux sous sa façade sèche et implacable. Il m'a raconté tout un tas d'histoires sur les bêtises qu'il faisait avec ses amis quand ils étaient enfants, puis adolescents à l'Académie préparatoire de Darlington.

C'était un monde inimaginable à mes yeux, sauf que j'arrivais à l'imaginer au travers de ses récits drôles et vivants.

J'étais plus discrète sur mon passé. Je ne savais pas comment lui avouer ce que j'avais fait, car je n'étais pas fière de mon parcours. Il semblait encore un peu risqué de parler de mon ancienne carrière d'arnaqueuse. Ma justification selon laquelle je n'arnaquais que des connards sonnait faux maintenant.

Je ne voulais plus être cette fille. Ce n'était pas le genre de mère que je souhaitais pour mon fils. Je voulais gagner ma vie honnêtement, même s'il est vrai que mes options étaient limitées à l'époque où Tina m'avait prise sous son aile manipulatrice.

Mais l'avenir serait différent et c'est tout ce qui comptait. Du moins, c'est ce que je me disais lorsque mes vieilles angoisses resurgissaient.

Tout semblait trop beau pour être vrai. Comment pouvais-je avoir confiance dans la vie ? Comment faire vraiment confiance à Beau ?

Il a dit qu'il serait là pour moi. Pas seulement pour le bébé, mais pour *moi*. Il a dit qu'il voulait qu'on ait un avenir ensemble au sortir des Oléandres... mais il n'était pas entré dans les détails.

Et si c'était juste des paroles lancées dans le feu de la passion ? Quand les choses se compliqueraient, est-ce qu'il partirait ? Me laisserait-il dans la panade comme tous ceux et celles qui l'ont précédé ?

Lorsqu'il m'enveloppait dans ses bras le soir, généralement après un round sexuel intense, il était facile de croire ses paroles. Ses promesses. Il était facile de croire à la possibilité du bonheur. Même pour une fille comme moi, qui avait été jetée comme une vieille chaussette toute sa vie.

Mais au petit matin, le lit de son côté était vide et froid. Beau se réveillait toujours avant moi. Il était à son bureau, répondant aux e-mails avant le petit déjeuner.

Je trouvais cela dommage. Mes hormones réclamaient du sexe. Je refusais d'être collante et de le supplier de revenir au lit. Je ne serais pas cette femme. Je ne voulais pas lui faire payer les erreurs que d'autres avaient commises à mon encontre dans le passé.

Et pourtant, j'avais l'impression qu'on mettait du sel sur des plaies ouvertes que je pensais cicatrisées depuis long-temps, jusqu'à ce que je ne sois plus qu'une boule de nerfs. C'était probablement dû aux maudites hormones de gros-sesse. Mais j'avais les émotions à fleur de peau et ça ne me plaisait pas du tout !

Je voulais être drôle, facile à vivre et attirante. Pas une pauvre fille bouffie et pleurnicharde. Tout ce que j'avais toujours voulu avoir sans oser l'espérer se trouvait à ma portée et j'étais terrifiée à l'idée de tout gâcher involon-tairement.

Mais il y avait Beau. D'un seul geste, il pouvait me punir ou me faire rire. Et il me ramenait au présent, faisant taire mon stupide cerveau et ses scénarios du pire, et pendant une minute ou une heure, je me sentais en paix.

Nous étions en train de terminer l'un de ces copieux déjeuners où Beau me fixait sévèrement jusqu'à ce que je finisse ma salade Cobb. La salade verte, le brocoli et les œufs étaient des incontournables du régime de grossesse que lui et Mme H m'avaient concocté. Je le suivais à condi-tion de tout recouvrir de sauce ranch au bacon. Au moment où Beau m'encourageait à manger plus de myrtilles, riches en antioxydants, Mme H est arrivée avec une grande boîte blanche.

Je me suis écartée de Beau, qui tentait de me fourrer une myrtille dans le bec, pour mieux voir Mme H. Puis j'ai regardé Beau. Il était tout pâle. Cela faisait longtemps que nous n'avions pas eu d'Épreuve, et la dernière avait été très traumatisante, plus pour lui que pour moi, d'ailleurs.

– Ça va aller, dis-je en lui prenant la main. Vois ça comme une occasion de me donner la fessée en public.

Mme H n'a rien dit. Elle s'est contentée de poser la boîte sur la table, puis elle est repartie.

Beau a froncé les sourcils.

– C'est inquiétant, non, qu'elle n'ait rien dit ?

J'ai secoué la tête.

– Chut. Elle a toujours peur qu'il y ait des oreilles qui traînent.

Il a opiné, puis rapproché la boîte et soulevé le couvercle. Ses sourcils se sont rejoints, et pour le coup, il avait l'air vraiment inquiet.

– C'est quoi ?

Il a sorti une robe longue en soie rouge foncé.

J'ai tendu la main et touché l'étoffe douce et soyeuse. Elle glissait entre mes doigts.

– Sexy.

La robe avait même une petite capuche.

– Un jeu pervers avec le petit Chaperon rouge ? suggérai-je.

Beau a opiné, mais il n'avait pas l'air convaincu. Il a pris son verre de citronnade et l'a avalé comme si c'était du bourbon avant de dire qu'il devait retourner travailler. Nous sommes remontés dans la chambre.

Il a été à cran toute la journée. J'ai regardé des vieux films pour passer le temps, essayant de me détendre. Beau était juste surprotecteur, comme toujours. Je préférais considérer comme une bonne chose le fait que je sois habillée cette fois.

Même si, après m'être douchée et préparée pour la

soirée, puis avoir enfilé la robe transparente, j'avais l'impression d'être nue.

L'étoffe tombait dans mon dos en vaguelettes transparentes et soyeuses. Mais le devant de la robe... eh bien, c'était une autre histoire. La soie ne cachait en rien mes tétons pointus. Au contraire, elle les accentuait presque de façon pornographique. Si c'était vraiment un fantasme avec le Chaperon rouge, ils avaient fait mouche.

Beau est resté silencieux et pensif en s'habillant.

Je lui ai pris la main alors que nous nous apprêtions à descendre.

– Hé, on va gérer. Il n'y a pas de quoi avoir peur. Je te protège et tu me protèges, d'accord ?

Il a soufflé bruyamment avant de hocher fermement la tête. Puis il a levé nos mains jointes et a embrassé le dos des miennes.

– Oui. Toujours.

Puis nous sommes descendus.

J'espérais une orgie. Bien sûr, certains salauds essaieraient de me tripoter, mais Beau se montrerait protecteur comme d'habitude et veillerait sur moi.

Cependant, quand nous sommes entrés dans la salle de bal, j'ai compris que nous n'aurions pas cette chance.

J'ai dégluti en voyant un grand réservoir d'eau claire avec un siège de tabouret installé de façon précaire au-dessus.

J'avais déjà vu ce genre d'attraction dans une fête foraine.

C'était un tombe à l'eau.

Contrairement à l'attraction foraine, il n'y avait pas de cible sur laquelle lancer la balle pour faire plonger la personne assise sur le tabouret. Je savais, sans que les

Anciens disent un mot, que c'est moi qui serais assise sur ce satané tabouret.

D'où la robe moulante en soie rouge. J'aurais l'air fabuleusement sensuelle quand elle serait trempée et collerait à mon corps comme une seconde peau. Autant être nue. Aucun doute que ces enfoirés allaient prendre leur pied à me mater.

La main de Beau s'est crispée sur mon bras alors qu'il m'escortait dans la pièce.

Je me suis écartée de lui et j'ai redressé les épaules.

La soirée risquait d'être désagréable, mais il n'y avait pas de couvercle sur la cuve qui faisait tout au plus un mètre de profondeur. Je ne me noierais pas. J'aurais juste l'impression d'être un rat mouillé et grelottant.

Avant que je n'aie eu le temps de réfléchir à ce que la soirée me réservait, ces maudites cannes ont commencé à frapper le sol. Dans ce tambourinement sonore, un Ancien s'est avancé et m'a éloignée de Beau.

Il m'a attrapé l'avant-bras et m'a tirée sans ménagement. Je pouvais sentir bouillir la colère de Beau derrière moi face à la brutalité de l'Ancien. J'ai jeté un regard vers lui, en fronçant les sourcils.

Nous n'en avions pas spécifiquement parlé, mais il avait intérêt à se souvenir qu'il devait me faire confiance, car je savais très bien ce que je pouvais supporter ou pas.

Il a serré les dents et sa mâchoire s'est tendue, mais il n'a pas bougé. Brave garçon.

– Grimpe sur le siège du jugement, ordonna l'Ancien qui me malmenait à l'approche du tombe à l'eau.

Curieusement, je ne pensais pas que dire *euh, même pas en rêve* serait bien vu. Non, je devais être une jeune femme docile et me hisser volontairement sur le siège de la punition ou du jugement qu'ils avaient décidé, dans leurs esprits tordus, de m'administrer.

J'ai donc attrapé les barreaux de l'échelle sur le côté du réservoir et j'ai commencé à grimper. Une fois arrivée au sommet, j'ai eu du mal à enjamber le haut du réservoir pour poser mon cul sur le siège, mais j'y suis arrivée.

J'étais à peine assise qu'un des Anciens, dans sa toge d'argent étincelante, s'est avancé en s'écriant :

– Confesse-toi, catin !

J'ai ouvert la bouche, ahurie.

Mais ensuite, les Anciens et les membres dans la pièce ont répercuté l'ordre et frappé leurs cannes en scandant « Con-fesse, con-fesse, con-fesse, con-fesse. »

Mon regard a volé vers Beau un bref instant. Ils savaient pour le bébé ? Oh merde.

Je ne voulais pas incriminer Beau, alors j'ai détourné les yeux, mais lors de ce bref contact visuel, j'ai vu qu'il était en panique lui aussi.

Le premier Ancien a levé la main, faisant cesser les scansions. Il m'a jeté un regard glacial.

– Vas-tu te confesser ?

J'ai lentement secoué la tête.

– Je ne comprends pas. Que voulez-vous que je...

Je n'ai pas pu finir ma phrase. L'Ancien a fait un petit signe de tête en regardant un point derrière moi, et l'instant d'après, le tabouret a cédé.

– Attendez ! hurlai-je, mais évidemment c'était trop tard.

Mon cri s'est noyé quand j'ai plongé dans l'eau froide. Mon Dieu, très froide. Gla-gla !

J'ai gigoté et posé les pieds par terre, puis je me suis redressée, haletant et crachant de l'eau. Comme prévu ma robe écarlate me collait au corps. J'ai couvert ma poitrine de mes bras tremblants. Qu'ils aillent se faire voir. S'ils me faisaient subir ça, ils ne méritaient pas un peep-show en plus.

– Remonte sur le siège, exigea l'Ancien, pas le moins du monde ému par mes claquements de dents.

Peut-être qu'il prenait son pied. On ne savait jamais avec ces enfoirés.

J'ai serré les dents et j'ai grimpé l'échelle qui se trouvait à *l'intérieur* de la cuve, puis j'ai réalisé à nouveau le mini exploit gymnique pour remonter sur le tabouret. L'air frais de l'espace climatisé a couvert mes membres et mon corps de chair de poule. J'ai essayé de ne pas frissonner pour ne pas leur donner cette satisfaction, mais je ne pouvais pas m'en empêcher. J'ai gardé les bras croisés sur ma poitrine, en position défensive, mais quelle femme ne serait pas sur la défensive dans une pièce remplie d'hommes hostiles qui la fixaient méchamment en lui criant de *confesser*... quoi ?

– Confesse où tu es allée au lycée, Abilene West. Confesse le nom de ton professeur de lycée préféré.

Oh merde.

Il ne s'agissait pas du bébé, alors ?

Beau s'est avancé.

– Je ne vois pas le rapport avec...

– Confesse ! exigea l'inquisiteur, repris en écho par la salle : *con-fesse, con-fesse, con-fesse.*

J'ai ouvert la bouche.

– Je ne me souviens pas du lycée. Qui se souvient de son lycée...

L'eau m'a engloutie et m'a frappée au visage, me remontant dans le nez. J'ai recraché la tasse en me débattant. Putain de *salopards* !

– Pourquoi tant d'hésitation, Mlle West ? demanda l'inquisiteur. Ce sont des questions simples.

– Je répondrais peut-être si vous arrêtiez de me plonger

dans l'eau glacée toutes les trois secondes, rétorquai-je. Et si j'avais le temps de *réfléchir*, putain !

Silence dans la pièce. Merde. J'ai su que j'avais dépassé les bornes. Ils aimaient les délicates petites roses du Sud ici. Des roses fragiles sans aucune épine.

– Sur le siège, vitupéra l'Ancien.

Des rougeurs sont apparues sur ses joues. Il désapprouvait mon comportement. Au moins, ça signifiait qu'il ne prenait pas son pied.

J'ai craché une autre gorgée d'eau dans sa direction, puis je suis remontée sur le tabouret.

Ce manège a continué pendant dix minutes. L'Ancien m'a demandé des détails sur la vie d'Abilene qu'elle était la seule à connaître, et il n'était pas satisfait de mes réponses vagues façon diseuse de bonne aventure.

Il m'a demandé où vivait Abilene en ce moment.

– Eh bien, à l'évidence, je vis ici. Au Manoir des Oléandres. Après, je vais sans doute chercher un autre appartement. Ça aurait été idiot de payer un loyer pendant mon séjour puisque tous mes frais sont couverts ici.

Voilà. Bien joué. Je ne lâchais rien.

Apparemment, ça a déplu aux Anciens parce qu'immédiatement après...

PLOUF.

Je suis ressortie en crachotant.

– Qu'est-ce que vous *voulez* de moi ?

J'ai presque hurlé de frustration, oubliant la promesse que je m'étais faite de rester calme pour la sérénité de Beau. Je m'efforçais depuis le début de ne pas le regarder, mais à ce moment-là, j'ai craqué et tourné les yeux vers lui. Il avait l'air torturé, absolument dévasté par ce qui m'arrivait. Mais nous savions tous les deux qu'il ne pouvait rien faire. De plus, je lui avais demandé de ne pas intervenir, et pour une fois, il respectait mon souhait, même s'il mourait d'envie de voler à mon secours.

Le bref moment de douceur entre nous s'est envolé en un clin d'œil lorsque le martèlement assourdissant des cannes a repris.

Je me suis traînée jusqu'à l'échelle encore une fois, dégoulinante, en ayant l'impression que mon corps pesait trois fois son poids.

Combien de temps pouvaient-ils continuer ainsi ? Comme ce n'était pas eux qui plongeaient dans l'eau glacée, sans doute un moment.

J'ai donc été à la fois surprise et bizarrement soulagée quand l'Ancien est allé droit au but et m'a demandé, à peine réinstallée sur le tabouret :

– Où est la vraie Abilene West ?

Soulagée, même si je savais que cela signifiait que j'étais démasquée, que c'était foutu, et que je risquais de perdre une grande partie de ce pour quoi je m'étais battue.

Ils n'ont pas attendu ma réponse. Dès que l'Ancien a posé la question, ils m'ont fait plonger à nouveau.

En touchant l'eau, j'ai réalisé que ce n'était pas une vraie inquisition. C'était une punition macabre. J'avais blessé leur orgueil en me faufilant en douce dans leur monde, dans leur jeu tordu dont ils pensaient édicter les règles et garder le contrôle.

Ils voulaient me punir pour avoir enfreint ces règles arbitraires.

J'ai réussi à trouver l'équilibre et à me mettre debout. J'ai fouetté mes cheveux d'avant en arrière et redressé les épaules, sans gêne d'être nue sous la robe transparente qui ne cachait rien.

Puis j'ai regardé dans les yeux l'Ancien qui m'accusait et je lui ai répondu.

– Je n'ai aucune idée de l'endroit où se trouve Abilene West. Je m'appelle Consuela Borden ; je suis arrivée ici avec l'invitation d'Abilene.

Du coin de l'œil, j'ai vu Beau tituber en arrière, et c'est à ce moment-là que j'ai réalisé que j'avais tout perdu. J'étais à deux doigts d'obtenir tout ce que j'avais toujours voulu. Et j'ai été assez bête pour penser que je pouvais quand même l'avoir. Mais la vie me faisait toujours le même coup : elle m'arrachait ce qui était bon à la dernière seconde. Rien ne changeait jamais pour les filles comme moi.

Ma propre mère ne m'aimait pas assez pour rester avec moi. Alors pourquoi quelqu'un se battrait-il pour moi ?

J'ai grimpé l'échelle pour sortir du tombe à l'eau, passé une jambe mouillée de l'autre côté, puis j'ai enjambé la cuve et sauté sur le sol de la salle de bal. J'ai atterri dans un bruit sourd, mais l'Ancien ne s'intéressait visiblement plus à moi. Il s'est retourné vers l'assemblée de ses pairs.

– La catin s'est confessée ! Initié, dit l'Ancien en transperçant Beau d'un œil noir, étais-tu au courant de la supercherie ?

Beau a secoué la tête, l'air abasourdi.

– J'ignorais qu'elle n'était pas Abilene.

Il n'a pas regardé dans ma direction, et ça m'a fait très mal.

– Allez attendre dans le hall pendant que nous décidons de votre sort, déclara l'Ancien d'un ton dramatique.

CHAPITRE 20

Beau

UN COUP DE POING DANS LE BIDE M'AURAIT FAIT LE MÊME effet. J'ai aspiré de l'air en sifflant et j'ai pivoté pour lui faire face.

– C'est quoi ces conneries, bordel ?

Ma voix a résonné dans le grand hall.

– J'allais te le dire, grelotta Abilene, Consuela, ou je ne sais qui, putain.

Elle claquait des dents et dégoulinait, et j'avais à la fois envie de lui donner ma veste, et envie de la voir souffrir.

– Quand ? Après avoir accouché de mon bébé ? demandai-je en louchant sur son ventre. Ce bébé est-il vraiment le mien ? Est-ce un autre mensonge ?

– Ne demande pas ça, s'énerva-t-elle. Tout ce que je t'ai dit est la vérité ! La vérité !

– Sauf ton foutu nom !

J'ai reculé de quelques pas, car j'avais l'impression qu'elle m'étouffait par sa seule présence.

– Qui es-tu, bordel ?

– Une réponse simple ? Une arnaqueuse, dit-elle tout bas. Ou du moins, je l'étais. Et je te l'ai *dit*. Je n'ai rien caché. J'arnaquais pour survivre. Un pigeon après l'autre. C'était ma vie. Je n'ai jamais rien connu d'autre. Et quand j'ai vu ma chance d'entrer aux Oléandres... je l'ai saisie.

Elle s'est avancée vers moi, croisant les bras pour essayer de dissimuler sa nudité sous la robe transparente.

– Quand j'ai découvert que j'étais enceinte de toi, après que tu m'as parlé de ton Initiation, eh bien... j'y ai vu une opportunité.

– Une opportunité de m'arnaquer ?

– Je ne t'ai pas arnaqué. Enfin, si, j'ai menti sur mon nom, mais c'est tout. J'ai pris l'invitation d'une belle qui n'en voulait pas. J'ai dû me faire passer pour elle pour avoir une chance que ça marche. Mais je ne t'ai pas escroqué. Pas toi.

J'ai soufflé.

– Ça y ressemble pourtant.

– Ce que je comprends. Et crois-moi, ce n'est pas comme ça que je voulais que tu le découvres. Je pensais pouvoir garder le secret jusqu'à ce qu'on soit sortis de cet endroit.

– Je veux la vérité, dis-je en me tournant vers elle. Est-ce mon bébé ?

– Oui, je te le jure, affirma-t-elle en hochant la tête. Je ne mentirais jamais à ce sujet. Je ne mentirais jamais à mon bébé sur l'identité de son père. Et je sais qu'au fond de toi, tu me crois.

– Je veux le croire. Je l'ai cru. Mais j'ai aussi cru que tu étais Abilene West, alors manifestement, je ne suis pas doué pour cerner les personnalités. J'étais une cible facile, hein ?

– Tu n'as jamais été une cible. Quand on s'est dragués dans le bar, j'ignorais qui tu étais et je n'avais pas prévu de coucher avec toi. Je n'ai jamais arnaqué quelqu'un en couchant. Je ne suis jamais allée jusque-là. Toi et moi, on était simplement deux personnes avec une chimie incroyable qui avaient trop bu, et... (elle a inspiré avant de conclure.) C'était l'Ordre ma cible. Pas toi.

– Pourquoi ? demandai-je. Pourquoi faire tout ça ? Qui voudrait subir toutes ces Épreuves ? Tu étais déjà enceinte de mon bébé. Tu avais déjà touché le jackpot. Alors pourquoi ?

– Parce que je devais faire ce qui était le mieux pour le bébé. Je ne pouvais pas m'occuper d'un enfant avec la vie que je menais. Je voulais de l'argent pour pouvoir élever mon enfant en lui offrant tout ce que je n'avais pas eu. Mais je voulais aussi...

– Tu pensais que je serais un père qui refuse de payer ? l'interrompis-je. Tu pensais que je ne subviendrais pas aux besoins du bébé ?

Elle a inspiré profondément avant de répondre.

– Je ne voulais pas être à ta merci. Je savais que tu étais un homme puissant et ça me faisait peur. L'argent achète tout, et j'avais peur que tu m'enlèves le bébé par décision de justice. Non, ne te moque pas. Tu aurais pu me crucifier au tribunal et je ne t'aurais pas laissé me prendre mon enfant, affirma-t-elle en arpentant le hall. En plus, je ne voulais pas seulement l'argent. Je voulais que mon bébé ait un *nom*. Je refusais qu'il soit un bâtard. Et quand j'ai découvert qui tu étais, je voulais que mon bébé porte le nom Radcliffe. Je n'ai jamais rien désiré avec autant de force. Je ne voulais pas *ton* argent. Je peux gagner ma vie. Mais je voulais que mon enfant ait sa place dans ce monde. Alors oui, venir ici et être choisie comme reine du bal pouvait m'apporter une fortune, et c'était génial. Mais je voulais tellement plus, ajouta-t-elle en m'implorant du regard. Je voulais que le bébé te connaisse vraiment. Pas juste percevoir la pension alimentaire d'un père absent.

– Je ne serai jamais un père absent.

Cette seule supposition m'insultait.

Elle a jeté les mains en l'air.

– Comment étais-je censée le savoir ? Je ne savais rien de toi, ou presque. Je savais seulement que je devais essayer. Je devais me battre pour être une reine du bal. Ça pouvait changer ma vie, et ça l'a changée. Quand tu as appris ma grossesse, tu désirais ce bébé. Tu voulais une famille. Tu voulais même de moi.

– Oui, mais sur la base d'un mensonge. Pourquoi tu ne me l'as pas dit ?

– J'ai essayé. Une ou deux fois. Je voulais le faire, mais en même temps, tu commençais à te confier à moi, et je commençais à te voir tel que tu es vraiment. Je voulais te connaître. Ta vraie personnalité. J'avais peur qu'en avouant mon mensonge, tu te refermes comme une huître. Je ne voulais pas rater la chance de te voir sans tes murs protecteurs. J'avais tellement peur de perdre tout ce que tu donnais. Tu nous offrais, à moi et au bébé, un avenir, ce qui est tout ce que j'ai toujours voulu. Tu me donnais de l'espoir, et j'étais terrifiée à l'idée qu'avec mon aveu, tout cela disparaisse. (Elle a baissé les yeux vers le sol, puis les a remontés vers mes yeux.) Je tombais amoureuse de toi. J'avais peur. J'avais peur de tout perdre.

– Et comment puis-je te croire maintenant ? demandai-je en plissant les yeux et en essayant de l'imaginer en Consuela au lieu d'Abilene. Comment puis-je savoir que tu n'es pas en train de m'embobiner encore ?

– Tu ne peux pas, admit-elle. Et je comprends que tu ne puisses plus jamais me faire confiance. Mais je t'aime, Beau. J'aime ce bébé. Et j'aime ce qu'on pourrait vivre tous les trois. La seule chose sur laquelle je t'ai menti, c'est mon nom. Tout le reste, c'était bien moi.

L'amour.

Est-ce que je l'aimais ?

Oui, bien sûr que oui. Je suis tombé amoureux d'Abilene et du bébé et...

Abilene, Consuela, Abilene...

Mon putain de cerveau a buggé et mon cœur s'est noué. Je ne savais pas quoi penser ou dire. C'était une situation merdique.

J'ai jeté un coup d'œil à la porte de la salle de bal.

– Tu sais que tu aurais pu tout foutre en l'air pour nous deux. Ton mensonge aurait pu non seulement te coûter ta prime, mais aussi l'entreprise de ma famille. Tu aurais pu ruiner l'héritage Radcliffe que tu prétends vouloir tant pour le bébé.

Elle a baissé la tête de honte.

– Je sais. J'espérais qu'ils ne le découvriraient pas.

– Les Anciens savent tout. Ces hommes sont parmi les plus puissants du monde. Tu as choisi la mauvaise cible.

– Je n'ai pas d'excuses à te donner, mais j'ai fait ce que je pensais devoir faire.

– On avait presque terminé. C'est la dernière ligne droite, et tu as peut-être tout foutu en l'air.

Elle a hoché la tête et fait un nouveau pas vers moi. Elle claquait des dents, et j'avais beau être en colère, je ne pouvais pas rester là à la voir grelotter. Je lui ai enlevé sa robe rouge trempée, puis j'ai ôté ma veste de smoking.

– Mets ça, dis-je en recouvrant son corps de mon vêtement sec.

– Je suis désolée, dit-elle et quelque chose dans sa voix m'a incité à la croire. Si je pouvais arranger les choses, je le ferais. Tout ce que je fais, ajouta-t-elle en mettant la main sur son ventre, c'est pour ce bébé. Notre bébé.

– Et qu'est-ce qu'on fait maintenant ? Où va-t-on à partir de maintenant ?

– Rien de tout ça ne change le fait qu'on va avoir un bébé.

La porte de la salle de bal s'est ouverte et Montgomery est sorti dans le hall. Je ne pouvais pas déchiffrer son expression, mais mon instinct me disait qu'il n'avait pas de bonnes nouvelles.

– C'est mauvais à quel point ? demandai-je.

– Très mauvais. Rafe et moi, on s'est battu pour vous. Mais on est des nouveaux membres. Notre parole a peu de poids.

– Alors on est foutus ?

– Ils sont prêts à donner leur verdict, répondit Montgomery. C'est tout ce que je peux dire.

CHAPITRE 21

Consuela

J'AI RESSERRÉ LA VESTE DE BEAU AUTOUR DE MOI COMME SI elle m'ancrait à un endroit sûr, à lui, à tout ce qui s'était passé avant cette triste soirée.

Mais lorsque nous nous sommes retrouvés face aux visages sévères des Anciens, j'ai su qu'aucune veste ne me protégerait de leur colère et de leur jugement.

– Les Anciens ont rendu un jugement dans l'affaire de l'Initié et de la belle catin, déclara l'Ancien qui avait présidé à ma « confession » plus tôt.

Il s'est avancé et a frappé un coup de canne. J'ai senti Beau se raidir à côté de moi et je l'ai entendu aspirer une goulée d'air, tendu, en attendant le verdict. J'ai fermé les yeux, incapable de regarder. Mon Dieu, je n'avais jamais imaginé que ma supercherie pourrait lui coûter *son* héritage. Je ne pourrais jamais me pardonner s'il perdait tout à cause de moi. J'avais foncé bille en tête, paniquée par la grossesse, terrifiée à l'idée que l'enfant grandisse comme moi, qu'il se sente non désiré ou mal aimé, rejeté par son père, et j'étais déterminée à tenter l'impossible pour contrôler une situation incontrôlable...

– La catin sera expulsée sans rien. Notre société sacrée et honorable ne récompense pas la tromperie et la trahison.

Tout autour de la pièce, les cannes ont martelé le sol en solidarité avec le verdict.

Voilà. Ici mouraient officiellement tous mes espoirs et mes rêves.

J'ai ouvert les yeux, mais je les ai gardés baissés vers le sol. Beau s'est tendu encore plus.

Le bruit des cannes a cessé et la voix de l'Ancien a retenti à nouveau.

– Nous déclarons en outre que l'Initiation est terminée sans que l'Initié n'y soit pour rien. Nous avons la conviction qu'aucun fils de l'Ordre ne se rendrait complice d'une telle forfaiture et que Beau n'était pas au courant. De ce fait, Beau Radcliffe, tu as réussi les Épreuves d'Initiation. Nous t'accueillons au sein de la confrérie de l'Ordre du fantôme d'argent. Avance-toi pour recevoir ton habit d'argent.

Beau s'est avancé dans un concert de coups de canne, me laissant seule, frissonnante, nue sous sa veste.

J'ai tourné les talons et je me suis enfuie de la salle de bal, le tonnerre des cannes résonnant derrière moi. Voilà, j'étais officiellement sortie d'ici.

Étais-je une catin ? Qu'ils aillent tous se faire foutre. J'ai couru à l'étage, avant de réaliser que je n'avais pas vraiment d'affaires à prendre. J'ai enfilé des vêtements décents, ceux que j'avais apportés au manoir dans un petit sac. Tout le reste m'avait été fourni ici. Je n'avais rien à emporter.

J'ai pris l'escalier de service menant à la cuisine — où je suis tombée sur Mme Hawthorne.

– J'ai besoin de récupérer mon téléphone, lui dis-je. Donnez-le-moi.

Elle a froncé les sourcils.

– Tu ne peux pas partir comme ça. Tu dois parler à Beau. Régler la situation.

J'ai ricané.

– Écoutez, je me barre d'ici. Il a eu une chance de me défendre. Il ne l'a pas fait.

Je savais que c'était un discours irrationnel dès que j'ai prononcé ces mots. Beau avait tout son avenir en jeu dans cette salle, et j'étais celle qui l'avait mis dans cette position. Pourtant, c'était insupportable pour moi.

D'autant que dans le hall, il n'avait pas dit qu'il m'aimait après que j'ai connement ouvert ma gueule et avoué mes sentiments comme une idiote...

– Donnez-moi mon téléphone ! Il faut que je me barre d'ici !

Mon nez me piquait, signe que j'étais à deux doigts d'éclater en sanglots.

Mme Hawthorne m'a regardée d'un air désapprobateur, mais elle a disparu dans le cellier d'où elle est revenue avec mon téléphone. Merde, il était caché là pendant tout ce temps ?

– Tu devrais vraiment attendre et parler à... commença-t-elle.

Je le lui ai arraché des mains et j'ai couru vers la sortie de service située au bout du couloir derrière la cuisine.

Dès que j'ai senti l'air chaud et humide de l'été géorgien m'envelopper, j'ai eu l'impression de respirer à nouveau. Sauf qu'à la première inspiration, les larmes ont jailli.

Je me suis mise à courir. J'avais besoin de m'éloigner des Oléandres, de mettre le plus de distance possible entre cet endroit cauchemardesque et moi.

Mais je savais que je me mentais à moi-même. Car ce que je fuyais en réalité, c'était les merveilleux souvenirs avec

Beau. Toutes les nuits où il m'a serrée contre lui, son bras enroulé autour de ma taille, sa main effleurant mon ventre. La façon dont il me chuchotait à l'oreille, taquin, les noms grotesques que nous pourrions donner à notre enfant.

Sa façon de me caresser, de plus en plus intime, jusqu'à ce que la nuit accueille nos ébats passionnés et fébriles. La façon dont je me sentais en sécurité dans ses bras, plus en sécurité que je ne l'avais jamais été de toute ma vie.

Mais ensuite, l'image de son visage tout à l'heure est apparue dans ma tête. Il me regardait comme s'il ne me connaissait pas. Il m'a demandé si le bébé était le *sien*. Comment a-t-il pu me demander cela ? Après tout ce que nous avions traversé ? Quelle importance que ce foutu nom ! Je lui ai parlé de mon passé comme je ne l'ai jamais fait avec personne. Je lui ai parlé de moi, de mon corps, de mes pensées les plus intimes, de mes rêves, de mes espoirs...

J'ai accéléré ma course, comme si le fait d'augmenter la distance entre les Oléandres et moi, entre *lui* et moi, allait diminuer ma peine.

Mon Dieu, j'ai été tellement bête. Pourquoi est-ce que je pensais encore à lui ?

Il ne voulait pas de moi.

Évidemment.

J'avais déjà vécu cela.

Découvrir le corps froid et sans vie de ma mère quand j'étais enfant. Je voulais qu'elle se réveille. Mais non, bien sûr. Elle m'avait laissée derrière elle parce que je n'étais pas une raison valable de vivre.

Tina m'avait lâchée aussi quand quelque chose de mieux s'était présenté.

– Il n'y a plus que toi et moi, mon bébé, hoquetai-je entre deux sanglots.

J'ai fini par ralentir sur le bord de la route, me pliant en deux pour reprendre mon souffle. De grands chênes se balançaient au-dessus de ma tête, bordant l'allée de part et d'autre. Le chant du vent dans le feuillage faisait danser le soleil autour de moi en se riant de ma douleur.

J'ai essuyé mes larmes sur mon avant-bras. Mon Dieu, j'étais ridicule. Je m'étais déjà relevée de pertes dévastatrices, et je me relèverais cette fois aussi. J'ai sorti mon téléphone et l'ai allumé. Sauf qu'évidemment, la batterie était à plat après trois mois. Je ne pouvais même pas commander un Uber. Le sort s'acharnait contre moi, putain.

– Qu'est-ce que tu fais ?

Je me suis retournée, surprise d'entendre la voix de Beau et de le voir arriver en courant sur la route.

J'ai ouvert la bouche, puis agité le bras.

– Je m'en vais. Tu croyais quoi ?

Il m'a regardée, déconcerté.

– Mais merde, Ab... merde, j'ai oublié ton vrai nom.

Je l'ai foudroyé du regard. La colère était plus facile que la douleur en ce moment.

– Consuela.

– Très bien. Consuela. Qu'est-ce que tu fais dehors par cette chaleur ? C'est mauvais pour le bébé.

Ah, bien sûr.

– Je vais me débrouiller, merci. J'ai survécu sans problème pendant un temps étonnamment long avant que tu n'arrives.

– Tu ne portais pas mon bébé.

J'ai pointé l'index vers son visage.

– Tu n'as pas le droit d'être un connard autoritaire juste parce que t'as planté une graine en moi. Je te texterai l'adresse où tu peux envoyer la pension alimentaire.

Puis j'ai tourné les talons et je me suis éloignée de lui à grandes enjambées.

À ma grande surprise, il m'a suivie.

– Mais merde, Consuela.

– Connie. On m'appelle Connie, d'accord ? Tu le saurais si tu te souvenais de la nuit où on s'est rencontrés.

– Bon sang, tu veux bien t'arrêter deux secondes et me laisser parler.

J'ai poussé un soupir furieux et je me suis arrêtée, puis je l'ai regardé, les bras croisés sur la poitrine.

– Très bien. Parle.

– Bon sang, femme. Tu es tellement têtue.

J'ai arqué un sourcil comme pour dire : *ouais, et alors ?*

– Et je t'aime, putain, ajouta-t-il.

J'ai secoué la tête, tandis que mon cœur se serrait.

– Arrête.

Il a eu l'air sidéré.

– Arrêter quoi ?

– Ne dis pas des choses que tu ne penses pas.

Son visage s'est adouci et il a fait un pas en avant.

– Mais je le pense vraiment. Je vais donner à ce bébé le nom de Radcliffe, mais ce n'est pas tout. Je veux te donner mon nom aussi.

J'ai de nouveau secoué la tête, une larme s'échappant et glissant sur mon visage.

Il a fait un pas de plus vers moi.

– Ce n'est pas ce que tu veux ? Tu ne le pensais pas tout à l'heure quand tu as dit que tu m'aimais ?

– Bien sûr que je le pensais, rétorquai-je.

Il a souri et j'ai eu envie à la fois de lui arracher son sourire et de lui sauter dessus. Maudit soit ce mec exaspérant.

– On peut fonder la famille qu'on n'a jamais eue, dit-il. Mais je veux hériter de l'entreprise de mon père. C'est pour-quoi j'ai dû rester là-bas, accepter leur habit d'argent et supporter toutes ces conneries. Je ne pouvais pas mettre en péril l'avenir et la stabilité dont j'aurai besoin pour toi et notre fils. C'était plus important que jamais. Mais ça m'a tué de te voir quitter la salle de bal sans pouvoir te suivre.

Incapable de me retenir plus longtemps, je me suis jetée dans ses bras.

Il a soupiré de soulagement.

– Ben voilà.

Je me suis accrochée à lui et, pour la première fois, j'y ai cru. Oh, mon Dieu, je l'ai cru.

Il m'aimait. Il me voulait. Aucun Ordre ne le forçait à accepter mon droit égal au sien sur cet enfant, aucun argent ne me donnait un pouvoir égal au sien. Il me choisissait librement. Il choisissait de vivre avec moi, d'être le père de notre fils. Il choisissait d'être un homme bon. Parce qu'il était foncièrement bon.

J'ai enfoui mon visage dans son cou et je me suis cramponnée à lui.

– Je t'aime tellement.

– Tant mieux, dit-il en s'écartant de moi. Parce que je veux tout te donner. En commençant par ça.

J'ai froncé les sourcils, perplexe, et l'ai vu sortir un truc de sa poche. Un truc avec des diamants et des pierres précieuses qui scintillaient sous le soleil de Géorgie.

C'était un collier avec un énorme pendentif.

J'ai poussé un petit cri.

– L'Ordre ne t'a peut-être pas donné l'argent que tu voulais, mais tu seras une Radcliffe un jour, alors voici un avant-goût de ta fortune à venir.

J'ai cessé de respirer quand il a soulevé mes cheveux et attaché le lourd pendentif autour de mon cou.

– Beau, qu'est-ce que tu fais ? murmurai-je, levant mes doigts tremblants pour toucher le pendentif.

Je me suis arrêtée à la dernière seconde. Je ne voulais pas que mes doigts entachent cette beauté.

– Je te marque comme ma propriété, naturellement, sourit-il avec malice en reculant pour admirer le bijou à mon cou. Et je te donne ta récompense méritée pour avoir passé les Épreuves avec brio. Ce pendentif vaut un million de dollars. Voilà qui te met un peu plus sur un pied d'égalité avec moi, et qui devrait te rassurer au sujet de notre fils. Je sais que c'est important pour toi.

Je me suis pendue à son cou et je l'ai embrassé avec passion, baignée par les rayons du soleil qui filtraient à travers le feuillage des chênes. Beau me serrait dans ses bras et m'aimait, enlaçant aussi notre bébé qui grandissait dans mon ventre.

Le rêve de toute une vie devenu réalité.

ÉPILOGUE

Bellamy Carmichael

J'ÉTAIS ASSISE AVEC MA MÈRE, ATTENDANT QUE DÉBUTE LE mariage qui faisait vibrionner le cœur de la société mondaine du comté de Darlington.

Montgomery Kingston se mariait. Il était le premier des jeunes célibataires les plus convoités du comté à convoler, et toutes les personnes qui comptaient à Darlington étaient là.

– Tu te rends compte du scandale ? me chuchota ma mère à l'oreille. Tu sais qu'il épouse l'une des belles de cette absurde société secrète.

J'ai hoché la tête, en roulant les yeux.

– Tu me l'as dit une bonne quinzaine de fois.

– Mais regarde-les. Ils tombent les uns après les autres. Six des plus beaux partis du comté... et quatre d'entre eux se sont entichés d'une traînée issue des bas-fonds à cause de cette pagaille. Ça ne se passait pas comme ça de mon temps. Ils batifolaient avec des putains, mais ils *épousaient* des filles respectables.

– Seigneur, maman.

Je lui ai jeté un regard noir, qu'elle m'a renvoyé.

– Ne jure pas au nom du Seigneur. Je t'ai élevée pour être une *dame*.

J'ai étouffé un rire. Une *dame*. On était au dix-huitième siècle ou quoi ? Mais c'était vrai. Ma mère s'était efforcée d'élever une belle du Sud. J'étais même allée au bal des débutantes, pour l'amour du ciel. Le marié en personne, Montgomery Kingston, avait été mon cavalier.

Ma mère avait naturellement roucoulé que nous étions faits l'un pour l'autre et avait prévu de nous marier un jour.

J'avais quatorze ans. Montgomery en avait quinze. Il s'était ennuyé à mourir et m'avait à peine regardée. C'était compréhensible, mais même à l'époque, ma mère me prenait déjà la tête en me parlant constamment de mes *perspectives de mariage* comme si j'étais une héroïne de Jane Austen.

J'ai grandi avec les garçons de l'académie préparatoire de Darlington et je suis sortie occasionnellement avec l'un ou l'autre d'entre eux. Mais, étant éduquée comme une jeune fille de bonne famille, chaque fois qu'ils voulaient me peloter sous les gradins, j'ai toujours refusé arguant que je n'avais pas le droit. Sans surprise, je me faisais régulièrement larguer au bout de quelques semaines.

Autre désavantage d'être une vraie dame ? Je ne savais pas comment parler aux garçons. Beaucoup de personnes pensaient que j'étais une snob coincée. C'était la réputation que j'avais acquise à Darlington en tout cas. En réalité, c'était seulement de la timidité.

J'ai fini par me faire à l'idée qu'être timide et issue d'une des familles les plus anciennes et les plus respectées de Darlington était inévitablement interprété comme du snobisme. Du coup, ça m'évitait toutes ces conversations barbantes. Je pouvais être distante et réservée, et les gens me laissaient tranquille. Ils pouvaient me traiter de pimbêche snobinarde derrière mon dos, je m'en fichais royalement.

Finalement, j'ai arrêté d'essayer d'avoir des relations embarrassantes avec les garçons de mon entourage. Ce qui m'a valu le titre de Princesse des glaces. Apparemment, je me jugeais trop bien pour les garçons de Darlington. Ou je sortais en secret avec des mecs de l'université. Les rumeurs allaient bon train, comme toujours.

La vérité ?

Le mariage de mes parents battait de l'aile. La fortune familiale avait fondu. Tout ce qu'il nous restait était un nom auquel maman s'accrochait comme à la vie. Elle paradait toujours en ville dans des tenues de haute couture qui étaient démodées depuis dix ans alors que les factures s'accumulaient.

Après le lycée, je n'avais pas d'argent pour aller à l'université, du moins pas le genre d'université que ma mère voulait pour sa fille. Et je ne pouvais pas demander de bourses d'études, car elle en serait morte de honte. Le paraître était tout pour cette femme.

Puis mon père est tombé malade, j'ai fini par rester à la maison après l'école pour m'occuper de lui. Et les années ont passé.

Ma mère avait toujours la réputation d'être la reine de Darlington, car c'était tout ce qui lui restait. Elle a protégé le secret de notre revers de fortune financière avec la férocité d'un dragon protégeant un trésor. L'idée que quelqu'un puisse savoir que notre famille se trouvait au bord de la faillite était sa pire crainte.

Nous étions donc là, en robe d'apparat, installées au deuxième rang parmi les personnes les plus riches et brillantes de Darlington, à assister au mariage de l'année.

Maman m'a soudain broyé la main.

– Tu dois le faire. Je peux t'obtenir une invitation. C'est le seul moyen.

J'ai froncé les sourcils et tenté de me libérer de ses griffes.

– De quoi tu parles, sifflai-je.

Ses ongles se sont enfoncés dans mon poignet. Impossible de m'arracher à ses serres.

– C'est parfait, tu ne trouves pas ? Je peux t'avoir une invitation pour que tu sois l'une de ces catins, les reines du bal. Il te suffira alors de séduire un des deux beaux partis qui restent en lice. Il t'épouse et tu sauves toute la famille !

Ma mâchoire a dû se décrocher, car elle m'a grondée.

– Ferme la bouche, on dirait un poisson. Ce n'est pas séduisant. Et sincèrement, tu n'as plus que ta beauté pour toi désormais. Alors il est temps de grandir et d'affronter la réalité. Tu crois que ton père est tombé amoureux de moi pour mon intellect ? Non. Les hommes aiment les jolis minois et Dieu merci, tu n'es pas trop vieille. Mais ne crois pas que je n'ai pas remarqué les petites rides autour de tes yeux. C'est le premier signe de vieillissement.

– Grand Dieu, maman. Je n'ai que vingt-quatre ans !

– Ne jure pas au nom de Dieu ! Aucun homme ne veut d'une femme grossière.

J'ai détourné le regard et contemplé la pelouse parfaitement entretenue sous nos pieds. Parce que c'était la seule chose qui comptait pour ma mère, hein ? Ce que voulait un *homme*. Comment un *homme* me trouvait physiquement. Ma beauté a toujours été ma seule valeur. Ma mère n'a jamais évoqué la carrière que je pourrais avoir adulte. Elle ne m'a jamais encouragée à m'intéresser à autre chose qu'à mon physique, critiquant sans cesse mon poids ou mon maquillage.

Je pensais aux secrets bien gardés de la société secrète

dont les hommes de la ville étaient membres. D'habitude, elle en parlait sur un ton dégoûté, c'est pourquoi il était absolument incroyable qu'elle veuille maintenant me jeter dans leurs pattes pour me dégoter un mari. Il s'agissait d'orgies, pour l'amour du ciel. Des orgies et des rituels sataniques, à en croire les rumeurs. Des trucs dingues et effrayants.

Mais il est vrai que les rumeurs à mon égard ont toujours été exagérées, alors celles-ci l'étaient sûrement aussi.

J'ai levé les yeux vers l'autel, où Montgomery se tenait debout, souriant de toutes ses dents en attendant sa promise. Cinq hommes le flanquaient, ses meilleurs amis.

– C'est lesquels ? demandai-je soudain, rougissant de curiosité et d'audace.

Ma mère a sauté sur l'occasion.

– Le plus proche de Montgomery, Walker. Et celui tout au bout. Emmett.

Le fait qu'elle soit si prompte à les désigner m'a fait penser que ce n'était pas une suggestion spontanée. Depuis combien de temps préparait-elle ce stratagème ?

J'ai refoulé ma colère contre elle et j'ai regardé les deux hommes. Je les connaissais un peu depuis mon passage à Darlington, du moins de loin. Ils étaient dans la classe au-dessus de la mienne, mais tout le monde idolâtrait cette bande d'amis à l'époque. Walker en particulier était une star du campus. Montgomery et lui étaient deux des plus gros héritiers de Darlington. Ce genre de fils à papa m'a toujours rebuté.

J'ai tourné mon attention vers le dernier du rang. Emmett. Je ne me souvenais pas beaucoup de lui. Mais il était grand, baraqué et si beau que le seul fait de le regarder m'a fait me tortiller sur mon siège.

– Emmett, dis-je à ma mère. Trouve-moi une invitation pour son Initiation.

Son visage s'est illuminé comme si c'était Noël en juillet.

– C'est comme si c'était fait.

Oh ma petite maman. Elle ne se doutait de rien, mais je n'avais pas l'intention d'entrer dans son jeu ni de suivre son plan.

Oui, j'irais voir ce qu'était cette société secrète. S'il y avait des orgies, j'y participerais. J'abandonnerais mon statut de fille sage et coincée une bonne fois pour toutes et de façon spectaculaire.

Mais il était hors de question que j'en revienne mariée. J'en avais fini de vivre suivant les règles édictées par les autres, y compris ma mère.

L'orchestre a entonné la marche nuptiale, et toute l'assemblée s'est levée. La mariée tout sourire, des étoiles dans les yeux, a remonté l'allée vers Montgomery.

Et pour la première fois depuis longtemps, j'ai ressenti de l'enthousiasme à l'idée de mon propre avenir.

Voulez vous le chapitre bonus d'un sombre rituel d'initiation entre Grace et Montgomery ? Pour découvrir cette ultime épreuve particulièrement noire et sacrilège, lisez cette scène qui était trop sombre pour figurer dans le roman.

Obtenez le maintenant!
https://BookHip.com/NNMZPHB

AUSSI DE STASIA BLACK

Dark Contemporary Romances

Série beautés brisées

Péchés élégants [https://geni.us/PeEl-FR-w]

Mensonges sublimes [https://geni.us/MeSu-FR-w]

Opulente obsession [https://geni.us/OpOb-FR-w]

Série Sombre Amour

À vif [https://geni.us/AVif-FR-w]

Brisée [https://geni.us/Br-FR-w]

Fais-moi mal [https://geni.us/FaMo-FR-w]

Série Stud Ranch

La vierge et la bête [https://geni.us/LaVi-FR-w]

Hunter [https://geni.us/Hu-FR-w]

La vierge d'à côté [https://geni.us/LaViDa-FR-w]

Gratuit

Indécent: https://BookHip.com/NRZLTLF

AUSSI DE ALTA HENSLEY

NEC PLUS ULTRA

LUXURE ET WHISKY: www.amazon.fr/dp/B08MVBPR5I

FUREUR ET VODKA: www.amazon.fr/dp/B08RMVZ6RT

IDÉE FIXE ET EAU-DE-VIE: www.amazon.fr/dp/B08RY8ITTJ

TÉNÉBRES & PUR MALT: www.amazon.fr/dp/B08XN35488

CAPTIVE VOW: ÉTERNELLE CAPTIVE:
www.amazon.fr/dp/B08P9XCK4G

À PROPOS DE STASIA BLACK

Stasia a grandi au Texas, s'est gelée dans le Minnesota pendant cinq ans et connaît aujourd'hui le bonheur de vivre sous le soleil de la Californie, qu'elle ne quittera jamais.

Elle aime écrire, lire, écouter des podcasts et s'est récemment remise au vélo après une période sabbatique de vingt ans (des bosses et des bleus le prouvent). Elle vit avec son premier supporter, aka son beau mari, et leur fils ado. Ouah, taper cette phrase ne la rajeunit pas ! Et écrire sur elle à la troisième personne a un petit côté schizo, mais bon... revenons à nos moutons.

Stasia est fascinée par les histoires romantiques complexes. Elle veut percer le vernis des êtres et fouiller leurs côtés obscurs, leurs motivations malsaines et leurs désirs les plus secrets. En résumé, elle crée des personnages qui provoquent en alternance les rires, les vilaines larmes, donnent envie aux lecteurs de lancer leur Kindle à travers la pièce... avant de tomber amoureux d'un nouveau héros romantique.

Pour rester informé de l'actualité et des ventes de livres, abonnez-vous à la newsletter française de Stasia: https://www.subscribepage.com/stasiablackfrenchnewsletter

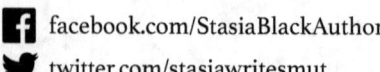 facebook.com/StasiaBlackAuthor

twitter.com/stasiawritesmut

instagram.com/stasiablackauthor

goodreads.com/stasiablack

À PROPOS DE ALTA HENSLEY

Alta Hensley est une auteure de thrillers romantiques et de romances dark, classés best-sellers par le USA Today.

Alta a toujours grand plaisir à recevoir les commentaires de mes lecteurs, n'oubliez pas de la contacter sur

Newsletter: readerlinks.com/l/1804125
Website: www.altahensley.com
Facebook: facebook.com/AltaHensleyAuthor
Twitter: twitter.com/AltaHensley
Instagram: instagram.com/altahensley
BookBub: bookbub.com/authors/alta-hensley

facebook.com/AltaHensleyAuthor

twitter.com/AltaHensley

instagram.com/altahensley

bookbub.com/authors/alta-hensley